— YE NIAO —

夜鸟

莫峻 \ 著

贵州出版集团
贵州人民出版社

YE NIAO

目录

楔子 1　兄弟　　　　　　　　　　　　　　　　/001
楔子 2　密室　　　　　　　　　　　　　　　　/005

第一幕　噩梦之初 ————————————————— /011
愤怒总是以愚蠢开始，以后悔告终。——毕达哥拉斯

1. 一张旧报纸
2. 神秘电台
3. 消失的人
4. 血红的诱惑
5. "虫"的世界
6. 地底的秘密

第二幕　恶浊之虫 ————————————————— /085
真相总是在事发后才能知晓，它本身就是阴谋的一部分。——让·波德里亚

7. 残疾鞋匠
8. 失踪的车老师
9. 人偶情人
10. 红眼蓝花

第三幕 白夜之鸟 ———————————————————— /139

在这个世界上,再也没有比置于人群之中,却又得孤独生活更加可怕的了。
　　——茨威格

11. 三兄弟的路
12. 花园里的遥河
13. 青川的梦
14. 她们是谁

第四幕 人偶之刀 ———————————————————— /181

服丧之年已经过去,鸟儿奋拉下翅膀。月亮裸露在清冷的夜里,杏和橄榄树已经熟透。
　　——卡夫卡

15. 毒花
16. 可怜的人和可恨的人
17. 相依为害

第五幕 极恶之源 ──────────────── /209
并没有所谓命运这个东西，一切不过是考验，惩罚或者补偿。——伏尔泰

18. 失控的"虫"
19. 真正的梅
20. 救救孩子

第六幕 无法逃脱 ──────────────── /255
这是黄昏的太阳，我们却把它当成了黎明的曙光。——雨果

21. 春风得意
22. 最后的对决

第七幕 不是结束 ──────────────── /273
释放无限光明的是人心，制造无边黑暗的也是人心。——雨果

— YE NIAO —

楔子1 兄弟

三十八年前。

黑风裹挟着冻雨,将坐落在荒山脚下的三层白色小洋楼捏在掌心,发出阵阵瘆人的怪啸。

略显破旧的建筑像孤单无助又可怜的小动物,无力地蜷缩于命运的角落。

瑟瑟发抖。

春末夏初,天色忽倾。

这是一所孤儿院。

而在更早以前,它是一些国外传教士的栖身之所,后来传教士陆续回国,这小洋楼就几经易手,最终成了现在的善堂。

而今夜,这风雨中的小楼却似乎又有些什么地方不一样。

暗,如墨般的暗,如地狱般的暗。

是的,太暗了。平时正是孩子们围坐唱歌或讲故事的时间,此刻却没有一个窗口透出些许光亮,只有那白色的建筑外壳,仿佛雨夜里冰冷的幽魂。

— 楔子 1 兄弟 —

泥泞的山路上,仿佛有什么动物正在仓皇奔逃。

然而近看,却是一个奇异的孩童,只见他身材瘦小如同柴棒,却顶着一颗不相称的大脑袋。山路湿滑,雨助阴森,这种天气,大人尚且难行,孩子自然更是一步三滑,狼狈不堪,惊险百出。

然而,他却仿佛毫不在意般,凶狠起来,干脆手脚并用,在地上疯狂爬动。

向前!向前!

他只有一个念头,要活着到达山外灯火通明的那个世界!

他要活下去,他还没有尝过好吃的食物,穿过舒适的衣服,住过漂亮的屋子,他不甘心!

只要不甘心,他就不会死去!

谁也看不见,他那双黑白分明的大眼里,射出的是他这个年纪不该有的疯狂和炽热。

他更奋力地向前爬去,那身影在山路上移动,竟像极了一只巨型的大黑蚂蚁。

这时,不知道从哪里,传来一道细细的带着哭腔的叫声。

"二哥!二哥!"

像大黑蚂蚁一样的孩子听到了声音,但他并没有停下,反而露出了厌恶的表情。这表情出现在一个孩子满是泥水的脸上,竟有着几分狰狞。

— YE NIAO —

不远处,隐隐出现了另一个身影。

看起来也是一个孩子,这个孩子看上去和正常孩子无异,甚至可以说是健壮,只是明显他的状态更加张皇失措。

看到前面像大黑蚂蚁一样爬动的孩子,后面出现的孩子仿佛见到了亲人般,哭喊带更响亮了,连滚带爬追了上来,一把抱住对方的腿。

"二哥!别丢下我,我怕!"

两人抱在一起,更显得后来的孩子高大健壮,而被叫作"二哥"的孩子瘦弱畸形。然而两个人的心理状态却似乎刚好相反,有些令人骇然。

被唤作"二哥"的孩子转过脸来,看着哭得眼泪鼻涕糊了满脸的大个子,表情木然。

"你不是说你走不动了吗?"他一开口,嗓子竟然也不像正常孩童般清亮尖细,反而有些成人般的喑哑。

"我走!我走!"大个子好不容易追上来,哪里还敢再使性子。

"我说过,随便你走不走,我是不会等你的。"二哥冷冷地说。

大个子连连点头。

"那好。"二哥似乎满意了,伸手随便拍了一下大个子的肩,"你来背我。"

大个子怔了一下,但再也不敢多言,赶快蹲下,背对着二哥。大个子只觉得在这荒山野路上,能和这个唯一的亲人在一起,就算吃再

— 楔子 1 兄弟 —

多的苦也比天地间只剩下自己要强,而且二哥手脚畸形,不能正常发育,他一定是真的走不动了。

两个孩子跌跌撞撞地朝着新的世界奔去。
他们不知道等待他们的会是怎样的命运。
然而无论是怎样的命运,都好过他们逃出来的那个修罗地狱。

"二哥,大哥怎么办?"
"他会想办法逃出来的。"
"可是,胡野叔叔……"
"不要再叫胡野叔叔!他是魔鬼!"
"可是,可是……呜呜……小花朵、小蝴蝶、豆豆……她们都死了吗?"
"都死了,只剩我们两个了。"
"还有大哥!大哥会逃出来的!"
"……"
"二哥……"
"小三子,闭嘴!"

浓黑的夜色吞噬了孩子零星的语声、哭声。
冰冷的雨线洗刷着焦土与血腥。
幢幢黑影,躲在眼睛看不见的角落里,向着人间出发。

— YE NIAO —

楔子2　密室

这是一间密室,因为常年不见阳光,透着一种霉湿的气味。

除此以外,还夹杂着一种说不清的古怪味道,有些刺鼻,又有些恶心。

天花板上的灯开着,冷白的光照着四周暗红色的软包墙面有些阴森森的。墙的一边有张巨大的书桌,上面摆着电脑,增添了几分人气。

书桌的对面,是一组舒适的黑色真皮沙发,可坐下四五人。

而沙发的正对面,是一面墙的巨大投影幕布。

如果说只是这样,那还可以认为这是一间有个性的私人影音室,或是某位艺术家的个人工作间,但是房间另一边的景象,却又令人遍体生寒。

另一边,墙面上钉着木架子,木架子上摆满了各种广口玻璃瓶,多数瓶里都装着不知成分的液体,液体里泡着一些颜色鲜艳的东西,看不出是什么,只隐隐感觉诡异。

墙的下方有一张床,床上躺着一个人,盖着一床薄被,只露出一颗巨大的头颅,头发乱蓬蓬的,呈现出灰白色,他双目深陷且紧闭,

— 楔子 2 密室 —

只能从被单的微微起伏中判断出他是个活人。

然而,他的床边,却摆着几台奇形怪状的仪器。

看不出有多少根管子,从他的薄被下伸出来,像是怪物长出来的触手,一一连接到那些冰冷的机器上。

半开的布帘遮住了他的下半身,只有机器和电流"嘀嘀嘀""吱吱吱"响个不停,那张浸没在冷白色光线里的人脸,就像科幻片里的恐怖景象。

在床的附近,有一个瘦小的影子蜷缩在地面上,像个小孩,又像条大狗。

如果仔细看清,会发现,那是一个丑怪的侏儒,他正在睡觉。

不知道哪里突然传来了轻微的声响。

唯一空着的一面墙,出现了一条缝,缝越来越大——这是一扇隐形推移门,现在,门被打开了。

门的开启让侏儒从睡梦中惊醒,他几乎是一跃而起,脸上现出痛苦和惊恐的表情。

原来他的手腕上系着一个感应装置,有人进来就会有电流刺痛他,让他立刻知道。

他清楚能进来这里的只有那个人。

他的主人。

— YE NIAO —

侏儒飞快地蹿到墙角蹲下,唯恐挡了来人去路。

进来的人并没有多看侏儒一眼,就仿佛他只是一条微不足道的狗。

他径直走到那些机器面前,查看上面的数据显示,不多时,露出了满意的表情。

床上的人似乎感觉到不安,眼皮轻轻颤了颤。

"大哥,休息得好吗?"

来人声音嘶哑,嗓子像被开水烫过一样,语速却是缓慢的。

听到这个声音,床上被叫作"大哥"的人立时无法自控地发起抖来,似乎是怕极了,但又不敢不睁开眼,那眼里全是恐惧和哀求。

不要问候他,最好不要出现,让他死,死了才能逃离这阿鼻地狱。

但他也知道这是不可能的。

那个人不会放过他。

来人看了看"大哥",似乎是好心地帮他弄了一下被角,却露出了他一只手臂。

那已经不能称为人的手臂,它皮肉尽失,骨骼显露,竟像是经受了核辐射一般,可见这手臂的主人,活着有多么痛苦。

来人啧啧叹息:"大哥,这么多年了,你为什么还是不肯把胡野

— 楔子 2 密室 —

当年的研究笔记交给我呢？如果交出来，你就不会受到这样的痛苦，我也可以尽快完成我的梦想，为什么你想不通呢？"

　　床上的人全身抖如筛子，不知道是疼痛还是愤怒。
　　之前他把这个披着人皮的狼当成当年的弟弟，透露出那个可怕的科学怪人胡野教授死前留给了他一批研究资料，自此，他就再也没有机会走出这间密室。
　　可是，这个人越是如此对他，他就越明白，如果那批资料落到这个人的手里，将会是多么可怕的灾难。
　　他比胡野还要可怕一百倍。

　　但是，自己还能坚持多久呢？
　　比疼痛更难忍受的，是绝望吧。
　　绝望如最深的夜色，看不到一点光明的影子。
　　这人间布满罪恶，他堂堂七尺大汉，竟要在心中悲呼上天开眼，给世人救赎。

　　"你不说也没有关系了，因为，我的试验已经成功了。"
　　这句话让床上的男人猛地睁大眼睛，不敢置信地看着床前的人。
　　那个人微微一笑：
　　"是的，大哥，我会让你看着，就算你们每一个人都不帮我，不

— YE NIAO —

信我,我也一定会成为我想成为的人。

"胡野能做成功的事,我只会比他做得更完美。

"我说过,我是个天才,不应该和你们这些蝼蚁一样,毫无痕迹地过完这一生。"

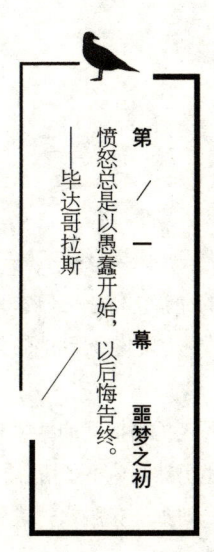

第一幕　噩梦之初

愤怒总是以愚蠢开始,以后悔告终。
——毕达哥拉斯

— YE NIAO —

— 第 一 幕 —

1. 一张旧报纸

长时间飞行,对白一舟来说从来不是一件愉悦的事。

耳朵里单调烦闷的噪音仿佛永无停歇,机舱内的空气压抑沉闷,不仅有小孩儿时不时爆发出的惊天动地的哭叫,还有乏善可陈不足以带给人安慰的飞机餐。

即使白一舟从来不考虑替抠门的林局节省出差费用,享乐至上地永远选择商务舱,但也仍然避免不了糟心的感受。

下了飞机后,白一舟如一条脱水的咸鱼,干瘪的肚腹里每个缝隙都塞满了负能量的抱怨。

桃远市是一座风景优美的海滨城市,也是年轻人旅游出行的打卡胜地,经济发达,消费能力遥遥领先。

虽然疲惫不堪,却阻挡不了手机软件的热评推荐中,一碗传说中隐于深巷的绝味龙虾拌面的诱惑。

白一舟告诉自己,一下飞机就发现了美食,这就是天意。

他一向从善如流,从不拒绝美食和美人,当然也拒绝不了天意。

— YE NIAO —

负能量像被台风刮过了一般消失无踪,白一舟拖上行李直奔面摊。

白一舟到达面摊附近时,整座城市已经风停雨歇,表面上一派祥和。

传说中的绝味龙虾拌面每日天黑出摊。

人算不如天算,堵了会儿车,他赶到的时间便比计划晚了一点,却刚好赶上出摊。

巷子深,人声沸,几张木桌,几组条凳,空气里食物的浓香简直引人犯罪。

白一舟双目如电,一扫而过,就暗叫不妙。

这会儿,竟没有了单独的空桌,如果想要立刻吃上那心心念念的面,看来只能与人拼桌。

好在他脸皮一向够厚,看准了角落里一张桌子只坐了一人,唯恐再落于人后,不管不顾便撒腿冲了过去,一屁股坐了下来。

"哥们儿,这儿没人吧,拼个桌啊!"

苍蝇馆子,街边摊子,三教九流的,拼桌也是常事,打声招呼就算他为人客气,哪里还需与人商量?

他话音未落,便气吞山河地冲老板吼道:"老板,给我来三碗面!"

动作、声音一气呵成,完美。他长舒一口气,最后才顾得上定睛看对面那人一眼。

— 第 一 幕 —

这一看,竟呆了呆。

坐在对面的男人,不,准确地说,应该是个少年……这少年,完全不像是会出现在这个环境里的人。

他看起来,让人非常倒胃口。

白一舟想,他想表达的意思,是非常中性的,就是字面上的意思,并不是无理骂人。

这前尾巷,是这座城市最具烟火气的地方,而对面这少年,却只能让人想到不食人间烟火。

少年看起来只有十七八岁,面色非常白,是一种接近病态的白,但并不是那种死肉的颜色,更像是一种虚无得仿佛随时会消失的白。

白一舟不知道该怎么解释自己这个奇怪的评价。

少年的头发有些长,额前的发丝将眼睛遮去了一半,显得气质柔和,甚至有些低眉顺眼。

虽然无法看清少年目光里的情绪,但那俊秀高挺的鼻梁,刀削般的脸部线条,都毫无疑问地说明,这是一个美人。

白一舟自己本身也算帅哥,是那种阳光俊朗型,从小没少被人夸,去年更是因为形象出色被选为桃远市市民心中的警察之星。

但见到这少年,他竟少有地惭愧了一下。

美人之美,原来真是不分性别的。

— YE NIAO —

如果不是因为对方肩宽个高,毫无疑问是个和他一样的雄性生物,他简直想要轻佻地吹出一声口哨来。

于是,从这一刻起,在白一舟眼里,世界上分为三种人——
一种是男人,一种是女人,一种是美人。
不过,美人虽美,胃口还是要倒的。
此刻,在这个美人的面前,摆着一碗已经凉透了的龙虾面,不知道他已经在这里坐了多久。当满街的食客都怀着对美食的虔诚之心热情奔来时,他却独自盯着龙虾面,一脸索然无味,像是多吞一根面条,也难以下咽。
这就是白一舟心里说的,看到一个这样不尊重食物的人坐在面前,会让人感觉倒胃口。
这样淡漠的反应,会让再期待的食物,也变得令人有些怀疑起来。

"砰砰砰"三声,三碗热气腾腾浇着红油香气扑鼻的龙虾面已经被老板豪气冲天地撖在了桌上。
"吃面嘞!"带着浓重方言的招呼声,像战士出征前的一声号角。
金色的面线上,净了壳只余鲜嫩肉体的厚厚一层龙虾风骚无比充满诱惑,令白一舟嘴里瞬间分泌出大量唾液。
美味啊美味!

— 第 一 幕 —

青川看着对面的年轻男人。

男人剑眉星目,俊朗阳光,一件休闲套头衫和运动双肩包令他看起来像活力四射的大学生,但笑起来时眼角细细的纹路又似乎藏着不那么青葱的岁月。

青川心里,慢慢地浮现出一些微妙的情绪来。

是羡慕吧。

羡慕活在阳光下,这样张扬自在的人,像野草一样肆意,像狂风一样嚣张。

而他,连他自己偶尔在街边的橱窗里照见自己的脸,都会生出厌倦来——那脸无悲无喜,宛若一张硬化了的面具。

他在心里低低地叹息。

多年后重逢,他竟然一眼认出当年那个熊孩子,而对方显然已经完全认不出他。

因为他还是他。

而自己已经不是自己。

行吧,反正面也凉了,他也该走了。

年轻男人已经开始惊天动地对付三大碗面,仿佛解决眼前的食物是天底下第一等的大事。

男人吃得酣畅淋漓喜悦满足的样子让青川几乎怀疑他们吃的不是

— YE NIAO —

同一种食物。

然而,这小摊上只有这一种招牌食物。

来者皆食面。

白一舟一边大口吃面,一边抽空抬眼瞅了瞅对面的美貌少年。

偷偷抬眼的一点余光里,他看到那少年面孔苍白,波澜不惊地凝视着他的面碗,那凝视里有一种说不清的东西。

如果一定要他说,他会觉得,那是羡慕。

羡慕?

羡慕他有钱点三碗面,而自己只能点一碗?

问题是,大哥,你那一碗也活活糟蹋了好吗!

青川听不见白一舟心里的吐槽,他默默站起身来,背好自己的背包,走出面摊。

他的面摆在桌上,未动几筷,已然冰凉。

白一舟有些意外地抬起头来,望向那少年离去的背影,他不得不承认,就算以同性看同性的挑剔眼光,那背影也实在好看得扎眼。

白一舟莫名其妙地叹了口气,继续享受他的龙虾面。

少年离去后,座位迅速被一名光头大汉占领,大汉一边点面,一边抓起座位旁的一样东西,向白一舟递来。

— 第 一 幕 —

"你的?"

白一舟下意识地接过,是一张报纸。

刚才那少年坐在那儿时,这报纸就叠成整齐的一小张,放在他的面碗旁。

他还以为是垫桌用的。

他刚想说不是他的,话到嘴边,却成了"谢谢"。

白一舟几乎是第一时间察觉到了异样。

这种说不清道不明的敏感,与其说是职业习惯,不如说是他的天赋。

而他之所以成为一名警察,也和他的这种天赋有着直接关系。

他并不是每时每刻都这么吊儿郎当的。

比如此刻,对面低头搅面的光头大汉就没注意,这个一人能够干掉三碗面的帅哥已停下了筷子,总是带着笑意的桃花眼里,射出一种冷峻的光来。

他忽地站起身来,疾风一样朝外奔去。

三碗面中被无辜放弃的两碗,默默地散发着微微的热气。

那个少年!

白一舟想,他应该没有走远。

他甚至不知道自己要追那个少年做什么,那完全是一种直觉。

直觉告诉他,那报纸,也许是少年故意留在那里的。

被折得整齐的报纸,完整地露出了一面新闻,标题是:爱心孤儿院深夜大火,无人幸免。

这条新闻,被人用红笔圈了出来。

标题旁,用黑色的钢笔,画了一只小小的鸟,呈飞行状。

最重要的一点是,这份报纸,不是最近的,甚至不是近年的。

它的日期显示,它来自三十八年前的桃远市。

它不是会无缘无故出现在这里的东西,白一舟知道,这世上一切的看似巧合,其实都有迹可寻。

而他一瞬间就已经笃定,在这面摊上遇见那个少年,不是偶然。

但是,不过一两分钟的时间,那看起来病恹恹的少年,竟像是融化在了风里一样,凭空消失了。

2. 神秘电台

窗外,月明无星。

晶莹剔透的红酒杯里,深色的液体轻轻晃动着,透着一种漫不经心。

— 第 一 幕 —

斜靠在窗台边的穿着剪裁得体的精致西服的年轻男人，正是桃远市有名的花花公子翁良渚。

此刻，他并没有去品尝手中名酒的意图，反而目光一直在左手掌心里一个亮晶晶的小东西上徘徊。

一枚戒指。

一枚镶着硕大彩钻价值不菲的戒指。

一枚可以用来向女人求婚的戒指。

他有些烦躁地抬手扯了扯衬衣的领口，似乎有什么东西令他呼吸不畅。

戒指发出温润的光，触手坚硬冰凉。

价值于普通人自然是昂贵的，然而对他并不算什么。

让他不安的是，这枚戒指代表的意义。

他，翁良渚，一向游戏花丛的男人，居然想向一个女人求婚。

是什么令他有这样的疯狂念头？

是那个叫林蝶的婚纱设计师格外美丽，还是她能给他带来资本融合的契机？

不，都不是。

是他爱上了她。

"爱"这个字一跳出来，他不由自主地哆嗦了一下，手里的红酒杯似乎瞬间变成了毒蛇的芯子，舔了一下他的手指。

— YE NIAO —

他猛地把杯子松开,任它滚落在柔软而厚实的地毯上,深色的液体渗进精致花纹里,变成了一块令人厌恶的污渍。

翁良渚大步迈出房间的时候,发现自己的左手还紧紧握着那枚戒指。

他心里的无名火更大了。

上个月新来的保姆又躲在自己的房间里看肥皂剧。

她大概压根儿没想到翁良渚会从房间出来,毕竟前几个晚上,他都是一反常态入夜就把自己锁在房间里喝得大醉。

他酒品很好,喝醉了也是无声无息。

然而今天她的愚蠢令她要付出代价。

翁良渚暗下决心明天就通知家政公司换人。

他飞起一脚"砰"的一声猛踢在保姆房厚重的木门上,发出沉闷的声响,房间里哭哭啼啼咿咿呀呀的肥皂剧对白瞬间消失。

四十来岁的中年保姆小心翼翼地打开房门,堆起满脸笑容,却只看到那个男人怒气冲冲的背影。

"去把我房间弄干净!"

午夜的露台上,花箱里的早春樱暗香浮动。

天气还未转热,光线柔和的花园地坪灯周围,也没有朝生暮死的小飞虫在扰人。

— 第 一 幕 —

从不远处的人工湖吹来的微风有些凉意,然而喝了酒的人正好需要,因为他通体发热。

面前小桌上的红酒瓶已经空了,翁良渚仰躺在舒适的露台椅上,紧紧闭着眼睛。

不知何时,他已睡去。

睡着了的年轻富豪,有着一张堪称英俊的脸,紧实有型的躯体也焕发着男性特有的荷尔蒙气息。

他早年丧父,母亲翁太太是翁氏集团的铁血太后,他是唯一的继承人。

一切顺风顺水,完美无缺。

但是,他并非没有烦恼。

比如此刻,进入梦中的他就眉头紧锁,面露痛苦。

他在做一个令他心碎的梦。

梦里,大眼睛齐刘海的长发少女抓着他的衣角,泪眼汪汪地问他:"阿良,你不要我了吗?你忘了我了吗?你要娶别人了吗?"

他心里一痛,下意识地把少女紧紧搂在怀里,心里如同热油滚过般煎熬,这一刻,他感觉他可以为她付出一切。

他急急争辩:"不是的,栀子,我怎么会忘记你?我要娶林蝶只是因为……只是因为……"

他脱口而出:"因为她像你!"

— YE NIAO —

叫栀子的少女弱如蒲柳，洁白小脸楚楚动人，她正是翁良渚初次心动爱上的女孩儿。

是她……

是她让少年时期的他，明白了什么是纯情的心动。

然而……

栀子嘤嘤哭泣："可是，我已经死了，阿良，你为什么不替我报仇？"

翁良渚的眼泪也哗哗流了出来，他恨不得号啕大哭将自己的心掏出。在她面前，他仿佛又变成了那个幻想和她共度一生为她披上洁白婚纱的纯情少年，而忘记了自己已是阅花无数风流成性早不知真爱为何物的成年男子。

"是我不好，栀子，你不要哭了……"

突然，絮絮叨叨的他惊骇地大叫一声，将怀里的人猛地推开！

白裙少女的眼里、嘴里冒出汩汩鲜血，瞬间将她染成了血人！

她软软地倒在地上，眼睛却还睁着，那么悲伤那么绝望地看着他。

那正是当年他见到她最后一面时的样子！

他的栀子啊！

"找出凶手，阿良……"

他眼睁睁地看着她，全身颤抖着，发出受伤野兽般的呜咽。

犯了错误的保姆听到二楼露台上的异样声响，犹豫着要不要上楼

— 第 一 幕 —

去看看。

但最终还是决定装死。

前辈在她来之前就告诉过她,这些有钱人怪毛病多,能闭眼绝不要睁眼,能装傻绝不要强出头。

她抬头看了一眼客厅的挂钟,时针已指向深夜十二点。

翁良渚在一阵凉风中醒来,随手一抹,发现自己满脸是泪。

他还沉浸在刚才的梦境里,悲伤到无法自抑。

多年来刻意忘却的悲痛往事,原来从来没有忘记。

多年来不敢回忆的刻骨铭心,原来还在心里。

他不是拥有人人羡慕的完美人生吗?可是为什么连最爱之人的夺命之仇,也无法报?

他真的是一个一呼百应的成功男人,还是一个粉饰太平的懦夫?

栀子,她死得不明不白,她死得冤!

一股悲愤与冲动借着酒精的余力在他的胸膛里翻搅,午夜时分,每个人的意志都最薄弱,原本以为已经淡化的往事,又在心里掀起巨浪。

翁良渚猛地坐直身体。

当年,为了那件血案,警察和母亲都全力以赴过,结论是犯案者是随机犯罪、冲动犯罪,并无预谋,得手后很可能已经逃出这座城市,

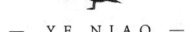

— YE NIAO —

人海茫茫无迹可寻。

时隔多年,他又有什么办法能寻得疑踪?

没有办法,只能比当年更加绝望。

翁良渚神情恍惚地胡乱拨弄着手机,他想,该清醒了。

那些事,还是忘了吧。

突然,手机里传出一个声音。

他吓了一跳。

他定睛一看,不知道怎么回事,手机竟然跳转到了一个正在播放的网络电台的界面,他听到的声音,正是电台主持人发出的。

电台主持人的声音,苍老而沙哑,像一个饱经风霜的老者,语速不疾不徐。

他好像在讲故事。

翁良渚以为是一个老年人电台,正想关掉,但那讲故事的声音似乎有一种魔力,让人不知不觉就听了进去。

他鬼使神差地放下了手机,就这样被转移了注意力。

主持人说的故事是这样的:

有一个十几岁的少年,就叫他小飞。他家境优渥,却不学无术,还爱上了班上成绩最好的女孩儿。

— 第 一 幕 —

这个女孩儿,就叫她小柔。

小柔清纯美丽、温柔善良,开始,小飞是抱着和那帮同样不学无术的兄弟打赌的心情,故意去骚扰小柔的,但是,时间一天天过去,他真的爱上了这个好女孩儿。

他们真诚地相爱了。

为了小柔,小飞付出了巨大的努力,改变了他原来的生活方式,也开始努力学习。

小飞毕业后想出国留学,但小柔家境贫寒,她家肯定无法负担出国费用,小飞便把小柔带回自己家,求自己开办企业的母亲资助。

一切都朝着美好的方向发展。

然而有一天,小飞陪着小柔去给她一直关心的五保户孤老做家庭清扫归来,路过一片即将拆迁已经无人居住的棚户区时,两人竟被人伏击,双双被击昏。

醒来时,小飞被捆绑在一个漆黑的地方,嘴也被臭烘烘的布块堵上,全身疼痛如同骨断筋折,心里的恐惧在那一刻达到顶端。

他不知道将面临怎样的残酷命运,他也担心小柔怎么样了。

就在这时,他听到了一阵诡异的声响,而且,就在他一墙之隔的地方!

他渐渐听清了,那是一个男人喘着粗气的淫笑声!

还有一个女孩儿痛苦的挣扎和哭泣声!

— YE NIAO —

他的眼睛越瞪越大,然而,在一片黑暗里,无论他怎样用力,却仍然如同瞎子,而耳朵此刻却变得无比灵敏,把阵阵喘息、呻吟、抽泣,甚至肉体的拍击声都纤毫入微地收进来!

血液全部涌到了心脏!

心脏胀痛到仿佛随时会爆裂!

他立刻就认出了那个女孩儿的声音!

那是他的小柔!那是他纯洁的百合花女孩儿!那是他都舍不得伤害的天使!

而她此刻,正在某个肮脏的畜生丑陋至极的身体下颤抖哭泣,被揉碎采尽!

他从来没有哪一刻,这么希望自己立刻死去,这样就不能再听到那些可怕的声音。

但是,他不但无法死去,而且时间还仿佛变得比平时漫长十倍,一分一秒,都像凌迟。

他的眼前能够清楚地浮现那肮脏的画面,赶也赶不走。

他纯洁的百合花般的女孩,在狂风暴雨中绝望地哭泣着,而天上的神明,却没有一个为她睁开眼睛。

女孩儿细细的哭泣求饶声渐渐变了调,痛苦中似乎掺杂了一丝欢愉。

— 第 一 幕 —

而呻吟声变成了另一种诱惑,小飞发现,他竟然可耻地有了反应!他流下了两行滚烫而耻辱的泪水。

小柔,你为什么不反抗?你是那么纯洁那么保守,可是现在,你为什么竟然在一个暴徒身下承欢?
你应该拼死反抗!
你应该咬舌自尽!
你应该拼尽全力,而不是像现在这样淫浪!
他知道自己不该这样想,但是,他控制不住自己疯狂的思绪,他想他已经变态了,在这样的刺激下变成了恶魔,腥辣的眼泪在脸上洗刷,他的心里竟然涌出对小柔的嫌恶与恨意,甚至一拨一拨,超过了对无名暴徒的恐惧!

不知道过了多久,小飞失去了意识,再清醒时,他发现自己手脚能动了,嘴里堵着的臭布块也不见了,仿佛只是做了一场噩梦。
但是,他知道不是梦。
他茫然地站起来,感觉到全身关节仿佛不听使唤般地颤抖。
还是在那个即将拆迁的棚户区,周围,依旧荒无人烟。
"小飞!"
一声呼唤,骤然把他拉回现实。
是小柔!

她向他跑过来!

啊,她跑得跌跌撞撞,难道是刚才激烈的情事让她全身酥软?她的脸红红的,脸上还有着泪光……

他脑海里轰然响起那些呻吟、那些喘息!

不,不,不要再跑向我,不要再装作纯洁无瑕,我甚至可以闻到你身上属于那个畜生的腥臭!

小柔终于跑到了小飞面前,她刚张开嘴想说什么,就被小飞一个耳光抽得天旋地转。

"滚开!贱货!滚!"小飞激动地吼叫着,他跌跌撞撞狂奔而去,越跑越快。

只留下小柔倒在地上,捂着红肿的半边脸。

……

翁良渚猛地站了起来,因为动作过大,差点摔倒。

他的眼珠几乎要脱眶而出,好像见到了恶鬼一般。他大张着嘴,盯着桌上的手机,却发不出任何声音。

这是什么?

这是什么故事?

是巧合吗?

一定是巧合!

— 第 一 幕 —

是梦吗?
是噩梦!
然而,电台主持人的声音还在继续。

第二天,小柔被人发现死在学校的后山坡上,腹部插着的一把尖刀是她的致死原因。"
而且,警察经过尸检,小柔还是处女。
所以,小飞开始在黑暗里听到的女声不是小柔的。
他被人算计了。
"这真是一个悲伤的故事。"主持人用平平的语气说出这句话,没有丝毫情绪波动,"最后,夜鸟电台今天和大家分享的句子,是让·波德里亚的一句话——真相总是在事发后才能知晓,它本身就是阴谋的一部分。再见。"

翁良渚一把抓起那部手机,又好似被火烫般将它扔下。愤怒和恐惧已经将他包围,令他丧失了最基本的理性,然而他却不知道该如何表达。
他现在可以肯定,这不是巧合,是阴谋!是恶作剧!
刚才那个狗屁电台里讲的故事,什么小柔和小飞的故事,根本就是他和他的初恋女友栀子的故事!
是他心底最痛的伤痕与阴影!

只是,那家伙进行了各种细节的添油加醋,尤其是在一墙之隔听声音的那一段,简直如同小黄文,仿佛当时就在现场一样。

把他形容得如此猥琐、卑鄙、不堪!

但他不得不承认,除此和出事地点不同以外,故事里的主要情节,都和他的经历吻合。

这么多年来,他一直找不到是谁导演了那一出戏给他看,更不知道是谁杀死了栀子,这些如同一场噩梦,让他始终不能醒来,只能逃避。

可是,这一切一直被他深埋心底,这个什么夜鸟电台,是怎么知道的?为什么又能恰好让他听到这个故事?

是他的商业对手在布局,还是他的哪任前女友在报复?

总之,他不能原谅!

在露台上疯狂来回走了几步后,翁良渚终于又拾起手机,拨出一个号码。

他怒气难平:"有件事马上帮我调查一下,有个叫夜鸟的网络电台……"

城市的另一边,一处亮着温暖灯光的房间里。

青川熟稔地关掉所有设备,在转椅上轻轻一转,整个人便和窝在沙发上舒服地喝着橘子汁的米露面对面了。

他抖了抖手里的几页纸,眉头微皱:"你这写的什么啊,跟小黄文似的。"

— 第 一 幕 —

他手里拿着的,正是刚才翁良渚在电台里听到的那个故事的文字稿。

米露早在他念稿子的时候,就已经忍笑到肚子痛,这会儿更是满沙发打滚,笑得"哎哟哎哟"地叫唤。

她穿着一件亮色的时尚宽松薄衫,剪裁精致的短裙下是一双洁白笔直的长腿,充满了活力与诱惑,她的笑容却又如同天真少女,一时间竟无法分辨她的真实年龄。

"谁让那家伙当时那样对他的小女友,写篇小黄文让他见识一下自己当时的丑态而已,想必这位商界贵公子现在已经气得鼻歪眼斜了吧。"米露跳起来,长腿一迈,蹦到青川身边,抢过那几页稿子,看了一眼,又"咯咯咯"笑起来。

"青川,没想到你还有这种天赋,那么激情的片断被你读得和悼词似的,配上变声器弄出来的那个声音,真是够了。"

青川不以为然地摇了摇头,没说什么。

他伸手取过搭在宽大的椅背上的薄围巾,又扫了一眼工作台上的机器,确认已经关好。

"你不要觉得我是在搞恶作剧。当我拿到这个事情的资料进行编辑的时候,我就气得不行,替那个叫栀子的姑娘生气。如果不是她那天回去后留下了一页日记,把这些记下来,这页日记又被我的人找到,那么,她的委屈永远不会有人知道。翁良渚没有杀死她这个人,却杀

── YE NIAO ──

死了她的心!这次顺便捉弄他一下算便宜他了。"

她知道,利用夜鸟电台播出这个故事的目的,是钓出藏在黑暗里的那只"虫",不过,也顺便刺激一下无情无义的富二代,一举两得。

"米露姐,你真的有三十岁了吗?"青川叹气。

"青川,你真的才十九岁吗?"如此老气横秋。

两个人互看一眼,眼里都有笑意,却都如远山影影绰绰,似乎十分遥远不可捉摸。

"是谁告诉你我的年龄?"

两人异口同声问出这个问题。

"你三叔。"

"我三叔。"

青川率先笑出声来。

他知道这场对话和以往的很多场一样,已经没法继续下去了。

涉及他三叔那个老顽童,自然有着千百个无法解开的秘密,而且最好做好准备,永远也别指望全解开。

"走吧。"米露拍了拍青川的肩,终于有点姐姐的样子了,"去我的工作室,今天是你的治疗日。"

"嗯。"

"还是一吃东西就吐,厌食的症状没有一点好转?"

— 第 一 幕 —

"大概,好了一点点吧。"

他也无法确定。

"晚上还是很难入睡?"

"很难。"

其实,不是很难,是几乎,长夜不曾眠。

3. 消失的人

年轻的化妆师小心翼翼给面前的女明星绵绵描眉,她大气也不敢喘一下,因为绵绵今天的脸色一直阴晴不定,那两道秀丽的眉不时紧锁,令她很是苦恼。

绵绵在等一个电话。

她也算娱乐圈一个三流小花,有小小的人气和资源,自然也有了随之而来的小脾气。

不过,对那个人,她始终不敢造次。

嫁给他,是她的目标,也是她的野心。

但是,那个人,无论是在她还一文不名时,还是她初绽光芒时,始终视她如玩物。

— YE NIAO —

她对他的意义似乎只是床伴，招之即来，挥之即去。
其他的，他都漠不关心。
但要命的是，她动了真心，她想要嫁给他。

"哎哟！"
绵绵大叫一声，化妆师弄疼了她。
其实是可以忍的，但不知道为什么，她就是不想忍。
想大叫，想发泄，想甩脸色。
那个人的电话还不来。

就在这时，拿在助理手里的手机突然振动起来。
助理看了一眼，赶快把手机递上。
显然她也知道绵绵在等什么。
一见来电显示，绵绵立刻停止了斥责化妆师，像凳子上安了弹簧一样，跳起来快速走开。

"翁先生刚下飞机。他说，请您明天过来桃远市。"
电话里传来的不是期盼的声音，但也不赖。
是翁良渚的秘书小鲁，一个年轻的男孩儿，永远温润有礼，办事很知分寸。

— 第 一 幕 —

绵绵说了几句,挂了电话,回来时已是春风满面。
"给我订今天的机票,等会儿录完节目我就走。"她吩咐助理。
助理心领神会。
化妆师松了一大口气。

飞往桃远市的飞机上,豪华的商务机舱里,绵绵在看当天的娱乐报纸。
一条新闻吸引了她。
有"古装仙女"之称的人气明星罗娜娜,近日向媒体透露出明年有息影嫁人的意向,被问及良人是谁,罗娜娜但笑不语。
圈内众人猜测她多年经营,终于守得云开,好事将至。

绵绵的目光在报纸上那张美丽精致的脸上停留了几秒,然后露出了怨毒神色,用指甲将照片刮出了一道深痕。
罗娜娜,她背后的男人,也是翁良渚。
其实她们都知道彼此的存在,但又都假装不知。
混娱乐圈的女子,谁没有一颗七窍玲珑心,知得失,懂进退,明白什么能做,什么不能做。
所以,罗娜娜突然对媒体放出这样的消息,那恐怕,不会是单纯的空穴来风。
她怀疑罗娜娜已经搞定了翁良渚那个急于抱孙的贵妇母亲翁

— YE NIAO —

太太。

　　大家都是金丝雀时，尚能容忍彼此的存在，可是，一旦有一方登堂入室成了主人，那平衡如何不被打破？
　　况且，若能嫁入翁家，嫁给有才有貌有手段的翁良渚，谁还稀罕当什么戏子！
　　绵绵感到重大危机，她必须一搏。

　　一阵失重感袭来。
　　绵绵闭上了眼睛，将报纸狠狠扔开。

　　绵绵一遍一遍地拨打着翁良渚的手机，始终无人接听。
　　她像热锅上的蚂蚁，在酒店的房间里团团转。
　　一个小时前，她接到小鲁的电话，说翁先生临时有事，不能见面了。
　　千里赴约，被放鸽子，大老板对于金丝雀的任性，倒也不是第一次。
　　但绵绵感觉到危机的迫在眉睫。
　　她有一种直觉，翁良渚还在桃远市，而且正和罗娜娜在一起！
　　如果她这次不能见到他，恐怕将错失一生中最重要的时机！
　　但是，她毫无办法，也不甘就这样离去。

　　夜深了，繁星挂于天幕，城市渐渐归于平静。

― 第 一 幕 ―

年轻的专车司机通过后视镜偷偷打量着后座上的乘客。

刚从高档酒店出来的女子,虽然口罩遮面,但仍然看得出是个美人,而且,也闻得到身上的淡淡酒气。

他不太缺钱,但喜欢写小说,所以出来跑专车,因为看到的每一个乘客,都可以揣摩他们身上的故事作为素材。

他猜想这个美人的身上,一定有着有趣的故事。

她此刻要去的地方,正是本市最高档的一处豪宅小区。

绵绵察觉到了司机猎奇偷窥的目光,但她已经懒得去在意。

酒精在她的大脑里燃烧,焦虑与黑夜令她失去了平日里的自制冷静。

"绵绵小姐……"认识她的保姆打开大门,似乎一时间不知道如何处理眼前的状况。

翁良渚是个强势霸道的男人,没有得到他的允许,直接过来他别墅的事,在他的任何一个女友身上,都未曾发生过。

"是翁先生临时通知我过来的,快让我进去,被记者拍到就不好了。"

来之前,绵绵就已经想好了措辞。

保姆果然下意识地让开了身,绵绵闪身而入。

"小鲁并没有告诉我……"保姆立时察觉不妥,试图阻拦。

— YE NIAO —

但谁能阻拦住一个年轻女子势在必得的决心?

绵绵早在保姆犹豫的一瞬间,飞快地冲了进去,像一只灵活的野兔,轻车熟路地穿过偌大花园,冲进客厅,再直奔翁良渚二楼的卧室。

保姆慌了,她不敢大声呼喊,只得一路跟随。

绵绵在翁良渚的房间外站定,她清楚地听到里面传来了翁良渚的声音。

并不似他平日里高调冷硬的声音,倒是听出来几分温柔。

偏偏那门隔音效果好,完全听不清他说的是什么。

绵绵举起手,身体微微颤抖着,心里的熊熊烈火却在折磨着她,她知道这门一敲下去,就断无机会回头。

以翁良渚的性格,必然勃然大怒,从此,她再见他亦是千难万难。

她不怕吗?

她是怕的。

她怕极了他,也爱极了他,但人就是这么奇怪,也许因为长久以来,日夜在害怕失去,一直揪着心,步步怕错,到了这当头,反而有一种丧气般的放弃感。

那把刀一直悬在头上,就让它落下来吧。

绵绵想,至少,她没有像他过去的那些金丝雀一样无声无息地离去,她也算任着性子闹过一场。

— 第 一 幕 —

也许在他心里,多少能有一点不一样的印象。
她砸响了翁良渚的房门。

两个小时后,警察局里。
"李小姐一直在砸门,我开始吓坏了,后来过了十多分钟,翁先生一直没有出来,房里也没有一点动静,我觉得不对劲,才去拿钥匙……"
保姆一遍一遍地重复着这些话,坐在她对面的女警察看到她双手神经质地抖个不停,起身给她倒了一杯水。
"我不知道翁先生什么时候离开的房间,但是那房里……那房里……镜子上有血!"
保姆双手捧杯,杯里的水因为她手的抖动而不断洒出来,她却浑然不觉。
"翁先生最爱干净,他的房间我每天都要擦三遍,镜子上那么大一片血,之前是一定没有的。要是有,他早就把我开掉了。"
也正是穿衣镜上的这片血迹,让保姆决定报警。

"他在房里,他明明在房里!"
无论问什么,绵绵都只会重复这一句话,她目光呆滞,像是遭遇了什么重大打击。
翁良渚的母亲赶到警局,当着所有人的面,给了这个女明星一记

— YE NIAO —

响亮耳光,也没有把她从混沌的状态里打醒。
"他在房里,他明明在房里!"
她继续重复着,眼角悄悄流下了一滴眼泪。

桃远市富豪翁良渚在自己家的别墅里离奇失踪了。
翁良渚的房间在二楼,窗外是一个私家泳池,而他的房门当时被绵绵把守着。
原本这件事不应该这么快被闹大,毕竟一个身家上亿的年轻富豪,随时出发去往世界的哪个角落窝几天都并不奇怪。
但无巧不成书,小明星绵绵和保姆都力证当时翁良渚正在房间里,在门外还能听见他的声音。其后,她们进入时,房间里已空无一人。
这就蹊跷了。

在不可能的情况下,门窗紧闭,人消失了。
警察们几乎要怀疑保姆和小明星串通起来演戏。
然而,现场确有一点奇怪之处——
一面大穿衣镜上留下了一片手掌大小的血迹。
经过化验,血迹并不属于翁良渚,也不属于绵绵或保姆。
这血,似乎带来了一点凶险的味道。

与此同时,在桃远市郊外的某个地方,一个长相俊美、皮肤苍白、

— 第 一 幕 —

身材颀长的少年,正背着一个黑色的旅行包,在山路上行走着。

他正是那神秘夜鸟电台的主持人,青川。

他的身边,并排走着一个妙龄女郎,发尾高束,耳边环佩叮当,瓜子脸,杏仁眼,一点红唇明媚亮丽,即使穿着笨重的冲锋衣,仍能看出身段的窈窕与活力,是个不折不扣的美人。

这美人是有着双重身份的米露。

表面上,她是半年前从美国回来,开了一家私人心理诊所的心理医生,收费不菲,专门服务一些特殊的高端客户。

私下里,她不仅是青川的保护者和监护人,也是青川的私人医生,同时还陪他做着夜鸟电台的资料收集和整理工作,配合他的一切计划。

而她做这一切,都是受青川那个三叔所托。

此时,不知道为什么,他们会出现在这荒凉的山路上。

虽说是山路,其实近年来越来越少有人行走,已经被荒草掩埋了大半。

但青川和米露似乎目标明确,除了偶尔驻足确认一下方向,几乎算是埋头前进,毫无停歇和犹豫之意。

不知走了多久,他们终于找到了他们要找的地方,一座废弃的山间建筑的焦黑残骸。

岁月的风霜洗刷令它已经失去了原来的样貌,然而一点点的线索

── YE NIAO ──

与轮廓已经足够青川想象出它当年的模样。

米露站在一旁,冷静地打量着周围的一切。

青川的神色,似乎有些异样。

米露不确定让他来这里是不是正确的,但她知道,要把他从黑暗世界拉出来,这一关,迟早要闯。

天色渐渐暗下来,青川蹲在那些残破的瓦砾上,伸手感受着石缝里的潮意。

扒开已经和土壤结合在一起的残迹,一些焦黑色的东西显露了出来。

仿佛还能闻见多年前那突如其来的烟火气。

青川仿佛发现了什么,他用力地移开一块石块,将东西费力地弄了出来。

竟然是一块还未彻底朽坏的木片。

这或许曾经是某个孩童的玩具,孩童刚刚学会几个新的字,就兴奋地用工具把它们刻在了这块木片上,再刻上了一个灿烂的太阳。

那时候他的心情,一定是快乐的、满足的。

只是不知道,后来的他,遇到了什么。

青川轻轻抚摸着那块木片上浅浅的纹路,有些纹路已经消失,变成了一触就烂的木泥,然而他的心里,却像有一支笔,将那些纹路重

— 第 一 幕 —

新画出。

"五色河。"他轻轻念出了那三个字。

他抬起头来,苍白的脸上浮起了一些变幻莫测的悲伤神色,这使他看上去不再像个少年,倒像个老人。

"米露姐,这就是黑暗开始的地方吧。"

"不。"米露蹲下来,像个真正的大姐姐那样,轻轻摸了摸青川的头,然后用纤细洁白的手指,轻轻戳了一下他的左胸位置。

"青川,黑暗一直都在人的心里,光明也是。"

4. 血红的诱惑

失踪的人,是翁氏集团的继承人翁良渚,也是现在本市著名年轻实业家。

从接到报警电话到现在,还不足十二小时。

这么短的时间,甚至不能判定为失踪,对方也许正在哪个温柔乡里醉卧呢!

不知道为什么林局长那么紧张,也许是因为翁良渚的身份?

白一舟不屑地吹了声口哨,把手插在裤兜里,大摇大摆地走进了案发的房间。

— YE NIAO —

很快,他就发现,他判断错了。
这件失踪案,确有离奇之处。

白一舟站在那面穿衣镜前,平日里嬉皮笑脸的表情不见了,取而代之的是他工作时特有的凝重。

他缓缓伸出右手,伸向镜子上的那片血迹,似乎想要触摸它。

他也确实这么做了。

而后,他的目光在这个房间里一点点探索。

他走到窗边站了站,朝窗外看去,蓝色泳池里的水在阳光下闪着微微波光。

他又走到房间里的一张书桌前。

书桌上干净整洁,没有一样多余的东西。

他停了片刻后,突然伸出右手,从桌角几本放得整整齐齐的书里,抽出一本来,然后飞快地翻开。

一张小小的卡片掉了出来。

是一张明信片,画面是很普通的校园风光,而翻过来,背面线条简洁地画着一个长发女孩儿的简笔头像。

看得出女孩儿面目清秀可人。

画像下面写着两个小字:栀子。

— 第 一 幕 —

白一舟简直要忍不住"哈哈哈"大笑出来。

不过鉴于以往挨训的经验,他还是用力克制住了。

这位翁先生,一边玩着女明星,一边却像个纯情少男一样在玩这种以画传情的把戏,难道这就是有钱人的怪癖?

他那双笑眼又滴溜溜回到了那不起眼的小画像上。

栀子?

他在心里给这个名字打了个问号。

助手雷小昆凑过来,抓过这张明信片看。

"白哥,这是啥?"他疑惑地问。

从警校开始,到从警三年,白一舟屡破大案,颇让人佩服,雷小昆就是其中一个崇拜者。

在校时期的白一舟看似一个咋咋呼呼没心没肺的乐天派,却非常神奇地多次在一些大案要案中建立奇功。

一来他身手极好,是蝉联全国大学生自由搏击赛冠军;二来他似乎有一种奇异的能力,能够从常人完全想不到的角度发现关键线索,鉴于线索前后间几乎完全无迹可寻,林局长称这为不可复制的天赋。

因此白一舟毕业的时候,林局长硬是使出了浑身解数,连哄带抢把他弄进了自己的分局里。

事实证明,白一舟还是很有用的。

他虽然经常上班迟到,下班早退,嘴不把门,专业撩妹,正事没做几件,祸事倒闯了不少,但在一些关键的案情上,他还是一如既往地能捅破关键的窗户纸,打开僵局。

而且,因为形象阳光帅气,他还被评选为全市警察之星,着实给分局争了不少面子。

对于这个奇葩的同事,有人不服气看不惯,也有人视为偶像鞍前马后。

那身为白一舟同校师弟的雷小昆就是后者。

白一舟打了个大大的哈欠,慢悠悠地转过身来,一个贵妃醉酒式踉跄,压到了雷小昆肩上。

"是一颗假纯洁装腔作势的心……"他拖长声调回答。

白一舟小时候说话有点口吃,长大后虽然好了不少,但一急起来容易词不达意,所以他说话尽可能简洁。

"心?"雷小昆摸不着头脑,"和案子有关吗?"

白一舟没有正面回答,只是伸出一根手指捅了捅雷小昆发达的左胸肌,意味深长、嬉皮笑脸地说:"用心体会。"

皮完这一下子,他就晃悠着出门去了。

这时,手机响了,雷小昆接起来,听了一会儿,突然追出门去,高喊起来:"白哥,等一下!"

— 第 一 幕 —

白一舟早已偷偷把手机调成飞行模式,正准备溜回去补个觉,被雷小昆的大嗓门一吼,不得不停住了脚步。

雷小昆追上来,急急汇报:"林局长那边说打不通你电话,要我通知你赶快去天音大酒店看看现场,翁良渚的母亲出事了!"

白一舟原本睡意蒙眬的眼睛,突然间放出了雪亮的光,表情也变得严肃,一瞬间竟判若两人。

他二话没说,朝着雷小昆开来的车走去,边走边问:"人死了?"

翁家是本市数一数二的财阀大家,如果说翁良渚的失踪有可能只是一桩风月误会,那么,翁氏集团的真正实权人物翁太太也相继出事,那就不可能没有阴谋。

出乎他的意料,听到他的问题,雷小昆竟然卡了一下。

雷小昆紧追几步压低声音附在白一舟耳边说:"她疯了……"

五个小时以前。

袁园挽着精致的手袋,坐在豪华轿车的后座上,嘴角紧抿,显出一种独属于女企业家的倔强与冷硬。

袁园,已经很少有人叫她这个名字了。

在商界,人们谈起她时,私下都习惯性叫她"翁太太",而当面则称她为"袁董事长"。

翁太太,翁剑豪的太太。

那个短命的死鬼,虽然留下了亿万家财给她和幼子翁良渚,却也

— YE NIAO —

留给了她身为一个女人一生的遗憾。

这些年,她活得比男人更男人。

她怕让人看出来她还有女人的渴望。

但是,老天爷毕竟还是待她不薄,让她在姿色犹存的时候,遇到了一段能够滋润她的感情,遇上了一个值得她信任的男人。

他在她心中,是君王,是天神,是主人。

她的强硬,她的刚烈,只有在他的手里,才能化作春水,身为一个女人的所有柔软,都活了过来,比拿下亿万大单的生意更令她觉得人生有意义。

所以,她对他言听计从。

任性地为自己而活一次,有什么不对?

可是,李绵绵这个小婊子,不知道做了什么,竟然敢惹得她的主人产生了兴趣!

她当然知道李绵绵是她的儿子翁良渚养的诸多金丝雀中的一只,阿良虽是她的独子,但这孩子被她宠坏了,眼里心里就只有那点风花雪月的乐趣,她都知道。

不过她也不在乎,她已经有了她的主人,她相信主人会给她最好的安排。

可是,李绵绵到底做了什么,竟然让她的主人露出那种玩味的表情?

— 第 一 幕 —

除了她,还有哪个女人,能令她不食人间烟火的主人另眼相看?

没有!

绝对没有!

她不允许!

一种前所未有的焦躁与愤怒在她的心里如烈火般熊熊燃烧起来!

但是,她不敢质问主人,那些愚蠢的警察都以为她的愤怒失控是因为独子的失踪,不,根本不是,她一点都不担心阿良,令她心中警铃大作的是李绵绵!

莫名其妙出现的李绵绵!

她想要停下来,但是她发现自己根本无法控制自己。一想到可能失去主人的独宠,她的全身就像被地狱的烈焰点燃了一般,剧痛和疯狂里,还掺着一些莫名的兴奋。

撕碎她,撕碎他们。

烈焰里,渐渐只剩下这一个声音,在漫天血一般的火海里,对她念诵。

想要……

想要更多的红色。

司机刚子专注地驾驶着车,他已经当袁董事长的专属司机三年了,深深了解这位大企业家的脾性。

能够这么长久地伴其左右,洞其秘密,他自然有着他的生存法则。

— YE NIAO —

那就是足够坚毅和沉默。

但是今天,他第一次有了一种不祥的感觉,说不出来为什么,他甚至不敢从后视镜里去看董事长那张熟悉的面孔。

明明和平日里也没什么不一样,但只要目光触及,他的冷汗就会密密爬满脊背,冰凉渗骨。

他总觉得要出什么事。

他只能使出浑身的力气咬紧牙关,不发出多余的声响。

袁园走在天音大酒店顶层的走廊上,这是翁氏拥有股份的、桃远市最新的一家五星级酒店,所以李绵绵的包房就订在这家酒店。

这当然也是阿良的安排。

正好,她可以随意出入,倒免去多余口舌。

走廊上的高档地毯织得又厚又密,踩上去无声无息。

细细的高跟鞋就像刑具,她甩掉它们,光脚前进。

讨厌的女人迎了上来,大概是这一层的楼层主管,听到董事长驾临,赶快来献媚。

呸,浓妆艳抹的脸,年轻的脖子,哦,光滑的脖子上竟然没有一条颈纹?而自己已经用上了最昂贵的颈霜,却仍然无法阻止细纹的出现。

她恨。

— 第 一 幕 —

太热了,心里烫得难受,哦,光滑的脖子……为什么那么白?必须是红的,必须是红色!

不,现在还不是时候,主人会生气的,主人会讨厌无法控制自己的女人。

好想要红色……

年轻的楼层主管是酒店管理专业毕业的大学生,刚上班半年,以前只在公司大会上见过这位董事长,对她又敬又怕。

完全没想到董事长会突然出现,她只能用她最灿烂的笑容来迎接。

但是不知道为什么,董事长好像和平时有些不一样,似乎是在看向她,又似乎直接穿过了她的身体,看向不知道的哪里,透着一种诡异的森冷。

而且,董事长居然甩掉了脚上的鞋,赤脚向她走来!

楼层主管慌了。

她不知道自己为什么慌,可她的手下意识地抓住了身后的一扇门的把手,一下子用尽全力拧住。

门突然开了!

一阵狗叫声从室内传来,由远及近,瞬间已经出现在人前。

一只雪白的小狗!

是这一层住着的一位超级富太太带的小狗优莉!

— YE NIAO —

酒店当然有"不能带宠物入住"的规矩，但是大家心照不宣，这一层的规矩总是有些不同，就好像世界上的很多规矩，其实都是为普通人制定的一样。

选择花近五位数一晚的天价入住这一层豪华套房的客人，都不是规矩能够约束的普通人，所以，优莉出现在这里，也并不奇怪。

袁园当然也知道这一点，但是现在，她想的和主管想的，完全不是一回事。

小狗欢脱地扑上来，热情地扑向了袁园。

或许是从这个人身上闻到了和自己主人身上相似的香水味，它显得格外兴奋，叫得分外大声，甚至试图伸出舌头去舔袁园裸露的脚趾。

袁园的神经像是一根一直绷紧的高压线，在狗嘴触及肌肤的一刻，终于天崩地裂地断了。

红色！必须是红色！

楼层主管和洗漱完毕后听闻优莉的叫声出来察看的那位富太太一起，看到了她们将毕生噩梦的一幕。

穿着香奈儿套装的精致女人，发出了骇人的疯狂笑声，以野兽捕猎般的速度和狠决，一把抓住了在她脚下的小白狗，恶狠狠地张开涂着名牌唇膏的嘴，快准狠地咬在了小狗的脖子上！

小狗甚至来不及惨叫一声！

— 第 一 幕 —

血!
像黑色一样浓稠的红!
把白色尽染!
撕碎,用力地撕碎,快乐,无比快乐!
红色的世界,才能让她快乐!

富太太双腿一软,晕了过去。
楼层主管毕竟年轻,还能够发出一声惨叫,再软软晕倒。
随即跟上来的司机刚子才是最镇定的人才,他选择了一声不吭转身就逃,直接冲进了酒店的消防楼梯。
不过据说从此以后,他也患上了神经衰弱。

与此同时,在桃远市的另一处摩天大楼的某间办公室里。
中等身材的郭辉用一个看似舒适的姿势躺在巨大的真皮沙发上,拿着手机在看当天的财经新闻,内心却一点都不舒适。
相反,他现在焦躁得很。
他是去年才投入孟氏集团门下的,这么短的时间里,就得到了董事长的信任,夺得五色河度假村这么大的项目总管理权,他自然深知其中利害。
他知道董事长信任他,是因为他够懂事,嘴够严,他的上一任东家东窗事发进去了,树倒猢狲散,唯一还在暗中照顾老东家妻女的只

— YE NIAO —

有他。而且无论那些警察怎么审,他都滴水未漏。

这样品质的人,自然会有人重用。

果然,孟氏集团的董事长孟方很快派人找到了他。

孟方希望他用最快时间成为孟氏集团的核心人物。

所以,他需要成绩。

五色河度假村是个投资十亿的大工程,背后牵涉的利益政要可不少,这分量于谁都是一块大饼。

郭辉也觉得十拿九稳,万万没想到中途杀出来一个翁氏集团。

翁家那个老女人在这商场里搅弄风云多年,一个早年丧夫的女人,独自撑起偌大商业帝国,其狠决和手段只会比男人更甚。

而且翁家背后恐怕也有着其他势力想要分得这块大饼,所以翁家那老女人才如此志在必得,嚣张无比。

两相竞争下来,他这边竟因为不知对方底牌而落了下风。

眼看这十亿工程就要落入翁家手里……

郭辉知道,一旦这次失手,他损失了多少大佬的利益,恐怕扒层皮都不够赔罪,更别说从此抱稳孟氏大腿平步青云。

所以一向在商界以沉稳著称的郭辉郭总,此刻也因为自己的一时大意而头冒虚汗。

他想到前天去董事长办公室汇报时,孟董事长那高深莫测的表情。

— 第 一 幕 —

"翁家……我知道翁家。"或许是那种漫不经心的笃定,令这个小个子的老者充满了一种神一般的权威感,"你出去吧。一切,顺其自然。"

郭辉退出房间的时候,感觉自己的三件套西装由内到外都湿透了,全是冷汗。

他也不知道自己的这种恐惧感从何而来。

更不明白董事长的淡定意味着什么。

毕竟,据他的可靠消息,在这场震动全市商界的大竞标中,翁家已经占得上风。

"嘀……嘀……"

郭辉的手机响了。

他一直使用着传统的手机来电闹铃,因此常被他八岁的女儿说老土,但他觉得这样才专业且安心。

铃声响到第二次,他接起,是他的一个得力干将打来的。

他听了几句,身体忽地绷紧,从沙发上直直地弹起来。

那真的是弹了起来!这样夸张的举动,在他以前的生活中几乎从未有过,毕竟他一直以沉稳来要求自己。

然而此刻,直到他挂断电话,他的表情还停留在震惊与失控中,嘴巴一直张着,双目也有些发直。

— YE NIAO —

他听到了什么?

翁家那个老女人突然疯了!

疯了?

在前几个月与她正面交锋的过程中,没有人比他更清楚,那个半老徐娘是多么精力充沛,头脑敏捷,手段狠辣!

别说她才五十岁,就算是八十岁,他也毫不怀疑她还能在谈判桌上再战三百场!

然而,就在这场商业战争即将一锤定音的时候,她疯了!

郭辉难以置信地再低头看了一眼手机。

理智回归,狂喜像忽逢甘霖的藤蔓,以失控之势疯缠上来。

他知道自己手下的能力,这种关键信息绝不会出错。

太好了!那个女人疯了!

翁家只有一子,且是出了名的浪荡纨绔子弟,能力不及其母十分之一,根本不可能担起翁氏集团这巨轮的掌舵手。

五色河度假村的项目,现在只可能是孟氏集团的了!

这简直是天意!

狂喜之余,郭辉的心底,不知道为什么,又突然浮现出孟董事长那平静而高深莫测的脸来。

转机?

— 第 一 幕 —

难道这就是转机?

可是,这样的转机,除了老天爷,还有谁能制造出来?

除非,他是神!

真的只是巧合吗?

郭辉慢慢坐下去,原本挺得笔直的身体,渐渐有些吃力般陷入了沙发的柔软包裹中。

他突然对他投靠的那个头发斑白个子小小的男人,在敬佩之余,又添上了一丝奇怪的恐惧。

他坚定了以后要更加谨慎更加忠心的念头。

5. "虫"的世界

从出租车上下来之前,绵绵塞给了司机一张百元纸币,说了声"不用找了",就头也不回地下车疾行而去。

司机好奇地透过玻璃盯着这个背影纤细的女人,虽然她穿着一件宽大的卫衣,把帽子拉到了头顶,还戴着一个大口罩,但他仍然凭借自己多年看人的眼光,判断出这女人一定是个美女。

美女总是神秘且任性的。

他有些遗憾地吹了一声口哨,低头看了一眼那张大额纸币,一脚

油门绝尘而去。

    绵绵此刻洗净妆颜,素面朝天,露出的额头依然白嫩动人。
    但她的呼吸却有些急促。
    不久前的一幕,实在是有些刺激到了她的神经。
    但她并没有惊慌失控,反而在那样的混乱里,顺利溜出了酒店,搭上了出租车。
    她知道人们都以为她只是一个花瓶演员。
    但她知道自己不是。
    需要她机灵的时候,她有着足够的机灵。
    这世间谁不是戴着几张面具?
    她是一个专业的演员,该她上场的时候,她就会是另外一个人。
    不过,此刻,她是真实的自己。

    进入那幢三十三层豪华建筑的大厅时,有穿着制服的楼栋管家迎上来客气地为她指路,然后领她到电梯间,刷卡将她送到指定楼层。
    绵绵知道是住户提前有嘱咐。
    这幢大楼在本市是最好的物业之一,住在这里的人,出得起钱要求也高。
    所以她不担心隐私问题。
    在某间房前停下,按响门铃,有人应声而来。

— 第 一 幕 —

身材颀长面容清俊右耳垂有着一颗小痣的少年为她打开门,他的身后,一条两米长的巨型蜥蜴正在一处巨大的木制笼窝里懒懒地晒着紫外线灯。

绵绵知道,再往里间去,还有着更奇怪的景象,好似这不是一处住宅,而是一处小型野生动物园。

各种专业的箱笼里,养着巨大的蜥蜴、怪面的蜘蛛、会说话的大鹦鹉、磨盘大的陆龟,还有各色的蛇虫。

很多都是见所未见。

但对来过几次的绵绵来说,已经不再惊奇。

她知道这些或古怪或可怕的异宠在少年面前,都乖觉如狗。

少年竟是青川。

一直在人前以甜美可爱形象出现的绵绵,在这个看起来只有十八九岁的少年面前,却显出一种鲜见的沉稳与拘束来,仿佛那个因为吃醋而大闹翁良渚别墅的小明星,根本不是她。

一时间根本分不清哪是真相哪是演技。

青川指了指窗边的一组沙发示意她坐,两人的目光却在顺着他的手指望去时,同时发现那组绿格子沙发上,懒洋洋地卧着一只目光炯炯的豹猫和一条成人手臂粗细的球蟒。

青川尴尬地收回了手。

绵绵也因为这个意外的小插曲而忽地松了一口气,紧绷着的神经

— YE NIAO —

蓦然放松了下来。

她取下口罩和帽子,露出了清秀美丽但有些苍白的脸,扬起的笑容转瞬即逝。

"她疯了!"绵绵按了一下自己的心口,示意自己平静,然后急急地说。

"我躲在房间里亲眼偷看到的,她真的疯了!她像只野兽一样咬住小狗,发出那种可怕的低吼声,还……还……"

她说不下去了,仿佛眼前又出现了那血腥的一幕,其诡异程度令她遍体生寒。

"别急,慢慢说。"青川与面容不相称的沉稳语速有一种催眠般的力量,给人以抚慰。

"她……她在用力吸那只小狗的血!一边吸,一边笑!"

绵绵蓦地捂住脸,说到"笑"字时,声音有些失控地尖锐起来。

青川伸手轻轻拍着她的背。

那种奇异的特质又在他身上显现了出来,仿佛他的身体里,同时住着一个少年和一个老者。

那面孔属于少年,而眼底神色却属于老者。

以至于他拍肩的动作,竟不带一丝年轻人的轻佻,反而有一种老人的悲悯。

— 第 一 幕 —

"没事了,没事了。"青川知道她受到了巨大的惊吓,他有些内疚。

身后的巨型蜥蜴睁开了眼睛,黄色的眼珠转了转,目光落在了绵绵身上。

青川伸手摸了摸它巨大的喉扇,那可怕的动物立刻显出一种享受的萌态来,又乖乖把眼睛闭上了。

"对不起,突然任性来这里见你,给你添麻烦了。"绵绵抬起右手,理了一下耳边几根稍显凌乱的发丝,突然朝着青川,严肃而庄重地九十度鞠躬。

青川没料到她会来这一下,伸手去拦已然来不及,只得苦笑起来。

"不必挂怀。"他说,"况且这次你已经帮了我大忙,是我弄错了一些事。我对不起你。"

是的,他错了。他以为翁良渚是"虫",于是利用有过旧谊的绵绵演了一场戏,想引翁良渚暴露,然而,他没有想到,翁良渚的母亲才是他要寻找的"虫"。

他险些将绵绵置于危险之中。

"不,谢谢你给我这次机会报恩。"绵绵并不明白他说什么,却抬起头,坚持道,"两年前,如果不是你突然出现,救了我弟弟,我们一家人早就不在这世间了。或许对你来说只是一件小事,两年来我们也不曾再见面,但对于我来说,你是我们全家此生的恩人,我很高

— YE NIAO —

兴你这次能用到我……不要说只是演一场戏，就算是要我做更危险的事，我也绝不会犹豫。"

平时脂粉厚涂笑容甜美眼底却深藏秘密的女孩儿，此刻像个天使一样面容真诚皎洁，谁也不会怀疑，那是她发自肺腑的言语。

青川一时不知道说什么好。

他其实有很多话可以说，但又似乎都不必说。

他决定放弃。

他原本不该打扰这身世坎坷意志坚强的好女孩儿的生活，让她卷进这些漩涡里，但是，当他的情报告诉他李绵绵和翁良渚的关系时，他明白利用这关系会是最优化选择。

但他出了错。

翁太太袁园……

她是什么时候成为那些"虫"里的一员？又为什么偏偏在这样的时刻，被点燃了身体里的"引线"？

在绵绵到来前，他已经抓紧研究了袁园的资料，得出的结论是，或许十几二十年前，她就已经成了"虫"，而且很可能是最早的那批"虫"。

而那时，孟方利用生活在人群中的普通人做试验，或许才刚刚开始。

— 第 一 幕 —

青川无声地叹口气,心里的沉重挥之不去。

他真诚地对绵绵说:"没事了,结束了……以后不要再来见我,好好过你的生活。"

他顿了一下,有些自嘲苦涩地笑了一下:"因为,我是一个很容易带来坏运气的人,而你,以后会过得越来越好的。"

白一舟默默地看着监视器画面里的翁太太。

她住在最高级的病房里,有最好的医护人员二十四小时贴身服务,警方的安保人员也一直在值守,但是,没有人怀疑,她已经是一个彻彻底底的疯子。

如果说精神病院里有一种最不可救药的疯子,那么,翁太太此刻显然就是这一种。

但明明一天前,她还是掌控着亿万财富的顶级商业帝国的实权人。

消息不知道怎么泄露了出去,翁氏集团的股票今天上午已经跳崖式跌停。

虽然有一个精英职业管理团队在力挽狂澜,但董事长母子二人同时一疯一失踪,谁也无法不惶惑。

平日里妆容精致、衣着考究的翁太太,一边尖叫一边傻笑,用力撕扯着自己的头发,疼得嗷嗷直吼,继而又开始乱撕自己的衣服,让整个病房一片忙乱。

白一舟简直不忍细看。

— YE NIAO —

但他必须要看。
这件事并非偶然事件,白一舟总觉得事出蹊跷。
他的目光突然落在一点上。
他立刻定格了监视器的画面,并迅速放大了那一点。

画面里,翁太太被医生注射了镇静剂,抬到了床上。然而刚才的疯闹撕扯让她的衣服变得七零八落,保养良好的雪白肌肤片片露出,狼狈不堪。
显然她也不会在意了。
白一舟却不能不在意。
他当然不是在这种时候对翁太太有了什么奇怪的念头,而是在刚才那一瞬间,医生和护士联手把注射了镇静剂后进入了睡眠状态的翁太太抬上床时,监控画面上微微一闪。
那是非常常见的信号中断,一秒都不到。
白一舟却显然不这么想。
他反复地看着前前后后的画面,一帧一帧地盯着。
他看了又看,突然跳起来,抓上外衣就往外走。

正端着一碗泡面过来孝敬他的雷小昆差点在门外和他撞了个正着。
雷小昆叫道:"白哥,你又去哪儿?"

— 第 一 幕 —

他这个偶像就像脚底装了发动机,一天到晚停不下来,有事做事,没事找事,听白哥的亲妹妹白雁吐槽,她哥连在睡梦里都会不由自主地做蹦迪状。

他话未落音,白一舟已经风风火火冲出了门外,消失在走廊尽头,只留下两个字:"医院!"

"医院?"这时候去什么医院啊?

雷小昆吐槽,又低头看了看自己手里的红烧牛肉面,乐了:"嘿,爷我今天干脆吃两份!"

当白一舟出现在翁太太的病房里时,注射了镇静剂的翁太太还未醒来,显得这间病房里难得的安静。

门口值班的两个实习小警察看到白一舟过来,都向他敬礼。

白一舟装模作样地夸了他们几句,乐得小警察眉开眼笑,身上仿佛注入了新的动力。

白一舟装完领导就直奔翁太太。

翁太太已经被护工换上了新的病号服,若在平时,她断然是不肯穿这与人同款的蓝白条纹棉布衫,此刻倒是方便了白一舟察看。

病人似乎没有异常。

可是,为什么他心里这么不安?

他总觉得刚才在监控画面上,发现了人为剪接的痕迹。

然而痕迹太小,小到他都无法确认是不是自己过于疑心。

— YE NIAO —

如果真的有人动用监控的手脚,那么目的又是什么?

还没等白一舟再凑近一点翁太太的脸,观察她是否苏醒了,病房的大门被"砰"地踹开。

紧接着,他的背上就挨了重重的一拳。

他一米八五的大个子,第一次像个沙袋一样被人给狂暴地推倒在地,还狠狠地踩上了一只脚。

翁良渚肺快要气炸了。

他在百里之外的一个废弃仓库醒来,发现自己不知何时竟被人移离了家中,而且身无分文,也没有任何通信工具。

待这位平时养尊处优的大总裁终于回到他所熟悉的地方时,他才发现,短短的一天内,他的世界已经被击得粉碎。

而最让他崩溃的,当然是母亲出事了。

父亲早逝,母亲一力担起事业和家庭的重担。在他的记忆里,强悍的母亲如同天神,世上仿佛就没有她搞不定的事儿,这也使得他多年来一直生活在温暖的庇护下,乐得毫无长进。

他从来没有想过母亲会这么早倒下。

而且是以这样的方式。

他不能相信!

— 第一幕 —

他怎么能相信？

笑话！

母亲会疯？

所以他得知这一切后的第一时间，连衣服也来不及换，就冲向医院。

而当他冲破门口那两个傻子一样的警察的阻拦，一脚踹开病房的门时，他看到了什么？

他简直不敢相信！

他一向高贵优雅凡人勿近的母亲，竟然躺在病床上，被一个流氓警察轻薄！

那个变态居然试图把头伸过去做无耻的事儿！

他像染红了眼的野兽，失去理智地狂扑了上去！

白一舟当然不会给翁良渚第二次攻击的机会。

任翁良渚如何使出他这辈子都没有使出过的全部力气挣扎，从地上一跃而起的白警官还是轻易将他制伏在地。

他当然认出了这个嗷嗷怪叫身高体格都不逊于他却一出手就是花拳绣腿的弱鸡是谁——

神秘失踪的翁良渚！

这样想想，他也就明白了这货为什么一冲进来就对他实行了人肉攻击。

— YE NIAO —

从翁良渚的角度看过来,自己刚才的举动可能是有点儿引人误会。

翁良渚没有想到,这个姓白的奇怪警察居然没有用袭警的名义把他抓起来,反而请他喝咖啡。

现在他自然也知道自己是误会了。

看了监控记录,他终于知道,那些告诉他他的母亲"疯了"的人,并不是在用一个形容词。

疯了就是疯了,是真疯了。

那个活生生咬死一只小狗并吸食狗血的人,那个狂笑着把自己身上的衣服撕碎的人,真的是一个不折不扣的疯子。

而她,竟然是自己那聪明能干无所畏惧的母亲!

他的天塌了!

直到热气腾腾的咖啡放在他的面前,他的神情仍然是呆滞而萎靡的,如果说栀子的死是他人生的第一场噩梦,那么,母亲现在的样子,大概就是他人生里更大的一场噩梦。

而他完全没有把握自己能够走出来。

"医生把结论告诉你了吧?"白一舟问。

翁良渚茫然地点头。

医生说母亲的大脑受到了强烈刺激才会突然发疯,不排除可逆可能。但是,母亲一向养尊处优,她会受到什么刺激?

— 第 一 幕 —

难道是自己的"失踪"?

不,他可不认为他的母亲是那么脆弱的女人。

"解释一下你消失的这二十四个小时?"白一舟并不想耐心等翁良渚平复情绪,不知道为什么,他对这个金玉其外的大总裁很是没好感。

翁良渚仍然是那副魂魄离体的模样,他觉得脑袋里像塞进了一万只蜜蜂,它们横冲直撞,把记忆搅得粉碎。

但有一点在大脑里异常清楚,他现在面临着一个选择——

是否对眼前的警察说谎。

翁良渚最后的记忆停留在一杯红酒上,自从莫名其妙在那个所谓的夜鸟网络电台听到那个似乎是他的亲身经历的故事后,他就一直无法停止猜疑,看身边的每一个人都觉得有问题。

然而他用钱买下的调查竟然一无所获,原本以为非常容易找到搞鬼的人,却在一番费力折腾后无奈地告诉他,查不到这个网络电台的源头。

他越想越觉得可怕,甚至怀疑是不是当年绑架他们的凶徒搞的把戏。毕竟,有些细节,只有他们才知道。

他深知这是很荒唐的,却无法控制自己的思想,变得疑神疑鬼。

他的生活被打乱,很多计划受到了影响,比如,他原本准备求婚的对象——婚纱设计师林蝶。

— YE NIAO —

    他一直觉得,自己唯一爱的女人只有栀子,而林蝶是因为长得酷似栀子,而成了他想要结婚的人选。
    平心而论,林蝶本身也是非常出众的美人,不但有貌,而且有才,才华横溢的年轻独立婚纱设计师,甚至拿过国际比赛的大奖,有自己的工作室,且是公认的美人——如果不需要考虑商业联姻的需求,她是他的婚姻尚算不错的人选。
    但是,谁知道林蝶是不是为了接近他,才装出清高的样子?
    以及,她为什么会那么像死去的栀子?这真的是偶然吗?
    找不到证据,得不出结论,这个该死的夜鸟电台就像一个凭空出现的幽魂,将他原本舒适的生活搅得一团混沌。

    为了从这种荒唐的情绪影响尽快走出来,他约了李绵绵。
    绵绵是除了林蝶以外,他最喜欢的一个姑娘。不过,她家境贫寒,混娱乐圈的初心也是为了赚钱给尿毒症的弟弟换肾,所以免不了有些出卖自己的举动,这就注定了她只能成为他的开胃小菜,他有一点替她遗憾。
    所以,当他因为夜鸟电台的故事而心烦意乱,甚至怀疑上了原本已经想要求婚的林蝶时,他便自然而然地想起了李绵绵。
    绵绵也确实招之即来。
    不过,那天又发生了一件意外,让他临时改变了计划,放了绵绵

— 第 一 幕 —

的鸽子。

"但是那天晚上你并没有出去,仍然是在家里喝闷酒。"白一舟说。

"对。"翁良渚垂头丧气。那天晚上,他只喝了一杯红酒,就醉倒在露台上,而醒来后,已经在百里之外,他的世界变得无比魔幻。

这一半是真的。

所以,他选择了不说谎。

但是,那并不是全部。

"因为女人的事而烦恼,你本来想找李绵绵疏解,但是又发生了另外一件事让你连李绵绵也不想见了,我想,那件事应该和女人无关,而是和你的家事有关吧。"白一舟分析。

翁良渚惊讶于面前这个警察的分析能力,但他希望对方不要知道更多了。

不过白一舟从来都不是那种会心软放过别人的人。

他从夹克的口袋里掏出两样东西,放到翁良渚面前,很满意地看着对方脸色变得煞白。

一样是那天被雷小昆看到的章栀子的简笔画像。

而另一样是一张照片,也是一并在那本书里发现的,他当时扫了一眼就无组织无纪律地直接揣进了口袋——当时这也不算违反规定,毕竟这根本算不上和案件有关的证物。

— YE NIAO —

照片上,躺在床上的裸体女人,徐娘半老风韵犹存,露出一脸和平时判若两人的迷离媚笑,脸上的红潮是那么明显。

那竟然是翁良渚心中如凛凛天神般不可侵犯的母亲,翁太太袁园!

翁良渚触电般抢过了那张照片,瞬间撕得粉碎!

他不该在无意间发现母亲枕头下的这张照片,更不该留下它夹在书里!

这一瞬间,他甚至生出了掐死面前这个人的冲动。

但是,不行。

这个人不仅是警察,还是市民选出来的警察之星,正义又阳光,有不少市民奉他为偶像。

让世界末日现在发生吧!

他绝望地想。

"我只问两个问题。"白一舟凑过脸来,竖起两根手指。

不,我一个也不想回答。翁良渚想。

"第一个问题,她的男人是谁,你知道吗?"

"不知道!"翁良渚脱口而出。

他们都知道,这个"她"指的是谁。但是,这个该死的警察怎么会联想到这个!

— 第 一 幕 —

"很简单,一个没有男人的女人,不会拍这种照片给自己看。"白一舟看出了翁良渚的困惑。

"我只知道这两年她在和人约会。"在白一舟火辣辣的目光下,翁良渚感觉自己不说清楚,眼前这个没下限的警察可能会脑补得更加荒淫,简直让他难以忍受。

"一个守寡多年的女人,有个情人不是很正常吗?"他试图辩解。

"正常。"白一舟敷衍地说。他根本不在意这些豪门里的香艳事,他问这个另有原因。

"第二个问题。"白一舟弯下一根手指,还剩一根竖着,"你有什么办法,能够找出这个和你母亲约会的男人吗?"

翁良渚又噎住了。

他不能。

他现在觉得,自己真的是个废物。

母亲何时遇上那个人,那个人是谁,他也曾想探究,然而母亲却瞒得滴水不漏。

他并不是那么不开明的儿子,其实他一度希望母亲坦白,甚至再婚,正大光明地得到下半生的幸福。

但是不知道为什么,母亲根本不与他交谈那个人的任何事情。

久而久之,这就成了他们母子间心照不宣的秘密。

现在想起来,母亲开始与他疏远,大概也是从那个神秘的男人出

― YE NIAO ―

现在她的生活里开始的。

而现在，母亲出事了，那个男人也似乎消失了。

"好了。"白一舟从翁良渚的表情里已经得到了他想要的答案，他毫不客气地站起身来拍了拍衣角，"我走了，你买单。"

翁良渚很意外，他居然真的就问这两个问题？这两个问题问了和没有问有什么区别！

当然有区别。

白一舟想，你懂个屁。

白一舟想了想又好心回身，指了指桌上另一张纸，那张栀子的简笔画像。

"对了，翁太太在医院里提到了另一件事。她说她多年前曾经雇人杀死了一个少女，那个少女叫栀子。虽说翁太太现在的神智不正常，但是这件事不像编的。虽然事情已经过去了多年，但我仍然会调查清楚。"

翁良渚沉默地站在原地，目光聚焦在那个笔直的背影上，看着他离去。

不，其实他什么也没有看见。

他的眼前，只剩下刺眼的白光乱闪，天旋地转。

早该想到的，只是自己不敢面对，不敢往那个方向想。

— 第一幕 —

是母亲。

"她并不是一个懂事的女孩儿,如果是,就该自己离开。"

多年前,母亲意味深长地含笑说出一句点评,而才十几岁的他,天真如稚子,根本什么都不明白,还去求母亲让他带上栀子出国留学,支付栀子的那份学费。

真是愚蠢至极。

这时,翁良渚的身后,无声无息出现了两个人,似乎他们一直都站在那里,只是开始穿了隐身衣。

他们等着翁良渚转过身来,也等着他看到他们,然后露出惊骇欲绝的表情。

一个俊美如画的少年,一个美艳时尚的女人。

这大概是一个出现在谁的面前,都不容易被忘记的组合。

何况,这两个人,是在翁良渚失踪后醒来一睁开眼就看到的人,他们开车将他带回城市送到医院。

路上那个美女对他说了一些匪夷所思的话。

"抱歉,翁先生,我们弄错了一些事。我们以为有人要杀你,但是,那人要杀的,是你的母亲。"坐在车上,那个女人毫无羞愧之意地对他说,"简单地说,有人要你妈死,如果想救她,就配合我们,不要惊动警察。"

她似乎非常厌恶他的样子,对他说话的语气,透着极度的嘲讽和

— YE NIAO —

嫌弃,仿佛她不是在说自己是绑架他的犯人,而是在说他做了什么伤天害理的事。

翁良渚内心的怒火已经足够燃烧到把这辆低调但价值不菲的小车化为灰烬,但他什么也不敢做。

变化来得太快,他无法不恐惧。

"超出一般认知常识的事情,是不能用常识内的方式来解决的。"

说话的是背对着他正在开车的少年。

不知道为什么,翁良渚觉得这个少年没有恶意,他的声音里,只有温柔、慈悲、平静,或许,还有一点点不易察觉的忧郁。

与年龄不相称的反差气质,令他仿佛生出一种魔力。

"翁先生,我们会把你送到医院,你去看一看你母亲现在的样子,相信你会做出判断。"

"你们想做什么?"翁良渚想,如果真如他们所说,母亲已经成了疯子,而他又在昏迷中被人神不知鬼不觉移出了百里,那他们母子已是人家刀下的鱼肉,似乎也没有更多的必要对他们再施以陷阱了。

"第一,带走她,令她脱离凶手的视线;第二,我们能够让她在一定程度上恢复神智,减少脑部损伤。"

少年朝美女轻轻挥了一下手,美女随即抛来一沓证件。

"我是医生。"

不是普通的医生。

— 第 一 幕 —

是可以在好莱坞大片里出演角色的那种精英医生。

翁良渚想,真刺激。

夜色深沉。

守在翁太太病房前的值班警察不知道为什么,眼皮越来越沉重,虽然努力地打起精神,却似乎有一种无形的力量,将他强行拉入梦乡。

在与这种异常的疲惫感拼死搏斗的同时,他感觉到穿着白大褂的医生走了过来,和他打了一个招呼,就推门进入了病房。

翁太太病床边守着的护工也和门口的警察一样,陷入了一种异常的睡眠渴望中。

她勉强朝医生点了点头,脑袋却不由自主地垂了下去,发出匀细的呼吸声。

医生熟练地给沉睡中的翁太太做例行检查。

他并没有刻意用身体挡住摄像头,但摄像头只能拍到他的动作,他的脸始终在盲区的阴影里,模糊不清。

他做完例行检查,没有再做其他多余的动作,收拾好自己的检查工具,离开了病房。

第二天早上交班的时候,有人发现翁太太在病房里消失了。

消息传到白一舟那里时,他骤然明白了那天他察觉到的是什么,上次他感觉到却无法确认的监控的剪接痕迹,只是一场试验,而现在,

— YE NIAO —

才是真的。

　　果不其然,他再一次在昨夜的监控画面里,发现了极其细微的剪接痕迹,如果不是肯定地去检查,几乎不可能察觉。

　　也就是说,有一段画面,是被替换过的。

　　那一段时间里,有人带走了翁太太,也可能用一些手段让看守的警察处于昏睡,而醒来后,完全不知道有事发生。

　　多么高超,又多么荒诞。

　　如果不是遍体生寒的直觉,可能甚至有人会觉得这是一场闹剧。

　　儿子失踪了,妈妈疯了。

　　儿子回来了,妈妈失踪了。

　　但是,没有人会动用这么多资源,来制造一场毫无意义的闹剧。

　　越是无法解释,无迹可寻,越是在掩盖着更大的阴谋与危机。

　　而他,必须争分夺秒解开谜题。

　　谁才是谜题的关键?

　　一切都有可能。

　　因为在这个世界上,黑暗会以各种匪夷所思的形式存在,而善良的人,对它们所知太少太少。

— 第一幕 —

6. 地底的秘密

孟方准确地摸到了白墙上的隐形开关,打开了通往地下室的通道。

地下室的通道,像一条长长的人体器官,他每次进入的时候,都觉得有些恶心,但又有些激动。

这是他的秘密王国。

是他多年来隐于人后的试验室。

还是他的囚笼。

聋孩儿一如往常般垂着头蹲在墙角,都不敢看孟方一眼,只会像条被打怕了的狗一样瑟瑟发抖。

聋孩儿是孟方从陷空山脉里带出来的野孩子,天生耳聋,智力低下,但是刚刚好,能像一台永远不会背叛的机器一样为他所用。

驯化这种人最简单,只要用鞭子和一点肉。

而像他躺在床上的那位大哥那样的人,就麻烦很多,但是,也更有挑战的乐趣。

孟方并没有像往常一样进入地下室就去看床上的大哥,他径直走

— YE NIAO —

到了自己的工作台上,在打开的电脑里搜索什么。

很快,一个女人的档案跳了出来,在屏幕上展开。

袁园,翁氏集团现任董事长。

他开始这场有趣的试验时的试验品,他撒向这个世界的很多只"虫"之一。

也许是因为最初的试验还有缺陷,虽然袁园这些年来死心塌地、言听计从,但近两年来,对他产生了献祭般的痴迷和纠缠,这是她自发的情绪,并不是他写入她的思维里的。

他一度觉得很新鲜,很有趣,毕竟一个事业有成的女人那样卑微地爱着自己,总会产生一点雄性生物的征服快感。

只是,时间久了,便觉得厌烦。

不过,这世界上的事,大多不过如此。

世间万物,皆为贱虫。

所以,这一次"大餐行动"开始,他便决定,让她消失。

只是,为什么会出现意外?

是谁带走了她?

他苦心经营这么多年都未曾有任何人发现端倪,他有着极度的自信,不会在这时候突然出现漏洞。

除非……

他不动声色地抬头看向远处那一团阴影。

— 第 一 幕 —

他的大哥。
不,不可能。
除了还能喘气,大哥已经和一具死尸没有两样,况且,他已经在这里躺了近二十年。
就算他有心,也没有了能力。

没有人能够阻止他,曾经最疼爱他保护他的大哥也不行。
孟方无声地笑了起来。
他的笑容,看起来比哭还难看。
又透着一种说不出的诡异和恐惧。
大哥,你还不能死,如果你死了,我在这个世上,就更寂寞了。

孟方走到一排沙发上坐下来,柔软的填充物立刻温柔地把他瘦小畸形的身体包裹进去。
真像是母亲的怀抱啊!
他随手抓起手边的遥控器,打开了投影。
画面开始播放,好像一直等在那里。
年轻而美丽的女人,坐在花园蔷薇架下的摇椅上,怀里抱着一个婴儿。
她笑容温柔,看着婴儿的表情仿佛沐浴着圣光,任谁看到,也会心软。

── YE NIAO ──

婴儿也看着他的母亲,黑亮的眼睛里,满是对世界的信任与渴望。

孟方目不转睛地看着这幅他已经看过千百次的画面。

他轻轻地喊:"铃兰,遥河……"

第 / 二 幕　　恶浊之虫

> 真相总是在事发后才能知晓，它本身就是阴谋的一部分。
> ——让·波德里亚

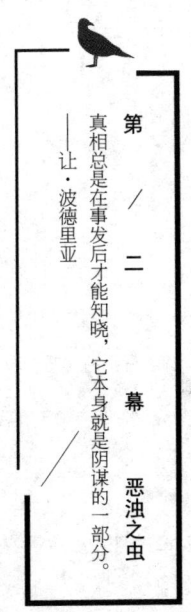

— YE NIAO —

— 第 二 幕 —

7. 残疾鞋匠

这是一个有些年头的老旧小区。

五层的楼房外到处是漏水维修过的痕迹,还有一片片深绿色的爬山虎。

早上八点,在小区入口的地方,左手缺了小指的鞋匠老刘准时出摊了。

现在已经越来越少有人修鞋,但是已经快六十岁的老刘,不能停下他的营生。

即使生意惨淡,他也风雨无阻每天出摊,没有人光顾的时候,就坐在那里,一身灰衣,宛若一块愁苦的石头。

小区里的老人都认识他,但也不把他当成一回事,因为他一直木讷少言,也没有什么朋友。

— YE NIAO —

来来往往的人穿过他的身边,带来细小的扬尘与微风。

"爸,给我早餐钱,我要去吃碗面。"

败家儿子六指打着哈欠摇摇摆摆地走过来,二十多岁的人,精气神却像是阴沟里的老鼠,苍白猥琐,一双糊满眼屎的小眼里透着贪婪和麻木。

看来他又是在外面打了一个通宵的牌。

老刘默默地从身边一个斑驳铁皮盒里拿出一张十元纸币递过去,在早晨的阳光下,他手指的残疾显得格外打眼。

六指劈手夺过纸币,然后朝小区外走去,一双脏兮兮的塑料拖鞋在他的脚下啪嗒作响。

老刘继续缩在他的鞋摊前,他垂着头,笼着袖,默默发呆。

早晨一般是不会有生意的。

但他宁愿坐在这里,也不想回到那个只有他和儿子两个人的破败不堪的家。

那里的空气,令人窒息。

"刘师傅,擦个鞋。"

一个男人在鞋摊前站定。

老刘抬起头来,看到来人,混浊的眼睛亮了一亮,脸上竟然露出

— 第 二 幕 —

了一丝笑容。

"车老师,早。"

被叫作车老师的人,名叫车光,他身材瘦小,戴着一副厚厚的黑框眼镜,是桃远大学的图书馆管理员。

车光去年离了婚,独自一人搬来这个老旧小区,平时也是个深居简出沉默少言的人,但因为住在同一层,彼此打过几次招呼,都了解对方的情况,倒多了些惺惺相惜。

老刘知道车光是照顾他的生意,因此擦起鞋来也格外仔细努力。

车光沉默地盯着老刘头顶的白发,或许是想起了自己远在家乡的老父,眼里似乎有些不忍。

老刘倒是有些高兴,他很尊敬文化人,也觉得车光是个难得的好人。他一边给皮鞋面上油,一边问道:"今天是周四了,明天就是接皎皎的日子了吧?"

提到女儿皎皎,车光古板灰暗的面孔上,顿时现出了难得的光彩来。

离婚后,五岁的皎皎跟了前妻生活,只有每周五,车光才能去幼儿园接她,再带回住处照顾一晚,周六晚上前妻就会接走。

所以这每周一次的相聚,就是他人生里最明亮的时光。

"是的。"

— YE NIAO —

　　车光一边回答老刘,一边盘算着后天休息可以带皎皎去新开的游乐场玩玩,她一定很高兴。

　　他的面上露出了一丝孩童般轻松的笑容。

　　桃远大学的图书馆,修得气派豪华,藏书无数,且是二十四小时对学生开放的。

　　虽是如此,但这所名气平平的海滨大学里,并没有因此就出现网上那种优秀学生通宵苦读的勤学现象,反倒是不少学生情侣把这里当成了约会场地。

　　一大早,薄金色的阳光就透过窗棂,投射到了有些斑驳的木地板上,空气里隐隐流动着秋天的桂花香。

　　昨夜值班的同事又偷懒了,没有在交班前把所有书架上的书都整理清爽,大概他知道,车光总会把这件事给做好。

　　车光也确实在这么做了。

　　他瘦小的身影在一排排高大的书架间缓慢地移动着,像一只背负着重壳的老龟,沉重而压抑。他时不时停下来,动作轻柔地将弄乱的书摆放整齐。

　　他并不着急,反正时间对他而言,已经没有了明确的意义。

　　有些书摆在他踮脚也够不着的地方,他寻思着等会儿要去储物间扛人字梯。

— 第 二 幕 —

一排书架后传来年轻男女的轻声嬉笑,似乎是在暧昧地耳语。

车光已经习惯了这种现象,赶早来到图书馆的人是为了约会,而不是为了学习。

但他还是慢慢朝那个方向走了过去。

他的脚步声极轻,并没有引起注意。

"小猪猪,我给你带了你最喜欢吃的三食堂的肉包子。"男生一边用甜腻的口气哄着可爱小女友,一边递过去爱心早餐。

"讨厌,你是嫌我胖对不对?"女生一边娇嗔,一边接过包子,嘟起来的小嘴像诱人的"小樱桃"。

"我就要把我的小猪猪喂得白白胖胖……"男生冷不防伸过头去,张开大嘴攻击"小樱桃",准确命中目标。

靠着大书架坐在木地板上的两个人顿时如身体触了电一般,呼吸同时急促起来,伴着女生的欲拒还迎和男生的大喜过望,动静也变得更加明显。

三食堂的肉包子反而被冷落了,可怜巴巴地缩在塑料袋里,被扔在了地板上。

车光走到他们身旁,弯腰将地上的那份早餐拾起。

他咳嗽了一声。

— YE NIAO —

男生女生受惊之下迅速分开,但抬头看去时,只看到车光略为佝偻的背影,正慢吞吞地走开。

他手里提着的那袋包子晃晃悠悠,有些刺眼。

两个人一时不知道该作什么反应,也不知道这位老师是什么意思,于是都大气不敢发出,眼睁睁看着车光消失在书架尽头。

良久,男生才马后炮地骂了一句:"神经病啊!"

女生也缓了过来,红着脸不甘地小声吐槽:"这个人怎么总是这么古古怪怪的……"

男生朝书架的缝隙里张望了一下,依稀看到车光已经回到了远处的借阅台后,便压低嗓子八卦道:"听说他老婆跟人跑了,所以他受了刺激,这里有点儿不正常……"他动作夸张地指了指自己的脑袋。

"原来是这样啊!"女生一脸恍然和嫌恶。

"对啊!听说他还是名校毕业,结果因为脑子不正常,只能在这里当个管理员……咱们要同情这种弱者,不要和他一般计较。"男生添油加醋。

车光站在借阅台后的工作位上,他听不清远处的那两个年轻人在嘀咕什么,但他也并不关心。

他把那袋包子扔在了脚下的垃圾桶里,塑料袋和塑料袋摩擦着,发出一声不甘心的叹息。然后他顺势弯下腰,双手合力抱出来一个小

— 第 二 幕 —

小的蓝色塑料整理箱。

他把整理箱放在膝头,把盖子轻轻打开。

里面是一些他的个人物品。

其中有一样东西,显得格外鲜艳,他拿了出来,竟然是一袋孩子吃的包装花哨的小熊饼干。

包装已经被拆开过了,袋口夹着一个食品密封夹。

车光小心地把密封夹打开,伸出两根粗短的手指,从里面拈出了一片饼干来。

焦糖色的小饼干躺在他的手心里,有些违和的滑稽。

他的表情却仿佛看到了自己的爱人一般,原本古板严肃的脸上,泛起了一种异样的激动和痴迷。

良久,他才缓缓将那片饼干送进了自己的嘴里。

他闭上眼睛,厚厚的嘴唇轻柔地嚅动着,仿佛在和空气接吻。

青川闭着眼睛,躺在一张咖啡色的真皮治疗椅上。他长得俊美柔和,如果去当明星,一定是被无数少女追捧的那种神颜。

只是此刻他的样子,却有着掩饰不住的疲惫和厌倦。

那完全不像是一个少年脸上应该出现的神情。

少年该有的朝气、阳光、莽撞、热情、冲动甚至情爱渴望,在他的身上,都看不出分毫。

— YE NIAO —

如果非要说看到了什么,那或许只能说,这张脸上出现的,分明是暮年老者的气息。

这种奇异的违和感,令他有一种独特的气质。

如果走在人群里,他一定是百分之百令人过目难忘的人。

穿着简单白毛衣的米露坐在青川的右手边,蓬松的长发在脑后随意绾起。

此时,她手里拿着一本书,书页已经翻开,她却并没有专心在看,只是很轻地晃动着自己雪白的长腿,若有所思地瞄着青川的脸。

"你要寻找的那些人,有些可以利用夜鸟电台来吸引他们暴露,有些却根本没有线索,接下去你打算怎么做?"她忍不住问他。

"接下来,我们需要一个人的帮助。"青川缓缓地回答。

正在酒吧里勾搭美女的白一舟莫名其妙打了个喷嚏。

"来得及吗?如果如你所说,那个幕后制造了这一切的人已经开始引爆他设置在人群中的这些炸弹,以消灭他多年来作恶的痕迹,那他必然准备周密。"

"我不知道,但没有选择。"青川说,他睁开眼睛,眼瞳里是无穷无尽的空茫。

"米露姐,有人在拼命制造黑暗,就有人在努力迎接黎明。"

还有人一直生活在黑暗里,却不敢放弃。

— 第 二 幕 —

  治疗室里放着极其轻缓的音乐,乐声似有似无,正是最合适的音量。
  罗勒、橙花和薰衣草混合的精油香气从微弱的灯盏上升起,慢慢地渗入人的意识,将人温柔包裹。
  米露看着青川长长的睫毛,她知道,他并没有睡着。
  她也知道,以他现在的状态,他根本睡不着。
  她给他设计过无数种方案,他表面上都极为配合,然而她很快知道,他分明就是所有心理医生最讨厌的那种病人。
  他在自己的心门上了十八道锁,然后人畜无害地看着你,像个世界上最乖的宝宝。
  其实他早就看穿了你的一切治疗手段,你一切问题的目的,你一切诱导的来处,他甚至比你更了解下一步你想做什么。
  他看似把门钥匙都交给了你,但是,没有用。
  所有门的背后,都空空荡荡。
  你走过去,推开一扇门,再走过去,又推开一扇门。
  迎接你的永远只有失望。

  青川确实没有睡着。
  他很难记起来,自己上一次深睡是什么时候,睡了多久。在他的印象里,只记得无数个黑夜白天,他都在清醒和非常清醒中徘徊。
  梦魇是没有出口的迷宫。

— YE NIAO —

他不再奢望出现奇迹。

但他此刻是安心的,因为知道,有一个可以相信的人,在认真守护着他。

她是他三叔托付的医生,甚至是因为他,她才远涉重洋来到这座城市。而一旦他完成了他的目标,他们或许会一起离开。

他是她的病人。

或许还是她的研究对象。

无论为了哪种原因,他似乎都可以相信,她暂时不会离开。

有这样一个人在身边,就好像很短的童年记忆里的母亲给他的安慰,足以让他在无休无止的黑暗跋涉里,获得一丝喘息的机会。

他已经很满足。

他甚至可以听到米露温柔的呼吸声,渐渐地,他觉得自己好像真的睡着了,脑海里响起了妈妈的低语:"遥河,睡吧,妈妈给你唱催眠曲。"

自那一年出逃后,再也没有人叫过他这个名字。

妈妈说那是她故乡一条小河的名字。

遥河。

他在心里轻轻叫了自己一声:努力活下去吧,遥河。

周四中午的时候,突然下了一场大雨。

— 第 二 幕 —

大雨过后,天空仍然灰云密布,空气湿度很大,让人的皮肤和呼吸都很不舒服。

六指穿着一件脏兮兮的军绿色夹克,脚上仍然是那双破拖鞋,里面套着露出了大脚趾的灰袜子,神情猥琐地在区政府附近的街道转悠徘徊。

脚下不时有泥水溅上他的裤管和袜子,他却毫不在乎。

有件事,他想要"向政府举报",不过,像他这样的人,其实根本都不懂要去哪里举报,只记得这一片好像是政府部门所在。可是真到了门口,他却本能地吓得双腿发软,迈不开腿,张不开嘴,平时在老父亲面前的无赖相全都化成了空气。

但他又实在有些不甘心,手里掌握着这么一件秘密,却什么好处也捞不着。

所以他就像阴沟里的老鼠一样,摸着墙根来回溜达。

一辆黑色轿车不知道从哪里开了出来,驶过六指的身边,大概是没注意路边墙角蹲着一个壁虎一样的人,前轮驶过了一个浅水坑,脏水顿时溅了六指一身。

六指这种贱人,平时在老父亲面前作威作福,但真的到了外面,又胆小如鸡。

他虽然下意识地跳了起来,但只看了一眼那车,就把骂声生生咽了回去。

— YE NIAO —

那是辆好车,他虽然不认得什么牌子,但也能感觉得出来,里面坐的,肯定是有权有势的人吧?

抱怨只在喉咙里滚了几下,他就随便抹了把脸,缩起了脖子。

谁知那车的主人竟是个好人,发现自己的车溅了人后,竟然停了下来。

穿着考究的司机打开车门走了下来,笑眯眯地向六指道歉,问要不要带他去买一身衣服赔礼。

六指哪里受过这种待遇?只觉得老天开眼,自己开始走运了,当下大喜过望,连连点头。

他想着说不定能攀识上这车的主人,像这个司机一样,混个小差事也能人模狗样起来,最不济,还能混套新衣服,看这车的样子,总不会带他去地摊买衣服吧?他可还没进大商场买过衣服呢!还有这车,他摸都没摸过,现在人家还能让他坐一程!

他乖乖地跟着司机,像一条被驯服的癞皮狗般朝车子走去。

司机果然是大人物身边的司机,一个箭步向前拉开了车子的左后门,请六指上车。

六指只觉得自己整个人都轻飘飘地浮了起来,他努力挺直了背,咳了几声清清嗓子,然后学着电视里的样子,一猫腰钻了进去,结果没控制好,头撞到了车顶,疼得他面目扭曲。

— 第 二 幕 —

那一瞬间,他看到这车子的右前座上,坐着一个人。

这人头发花白,身材似乎很矮小,被椅背挡住了大部分。

感觉到他进来,那人也没有回头。

六指心知这就是车的主人,心想大人物果然不一般,一个背影都透着富贵气。

他惶惶地想着自己该不该开口打个招呼,脑袋里似装着糨糊一般没个主意。

车身微微一震,车子已经发动,像一条矫健的游鱼一样,向着前路滑去。

8. 失踪的车老师

在桃远大学当图书馆管理员的车光,是一个老实古板的中年男人。

虽然和前妻桃子离了婚,但因为两个人共同的女儿皎皎,他们仍保持着每周一次的联系。

每周五是他们约定的车光去幼儿园接皎皎的日子,然后皎皎会跟他回家度过一个愉快的周末,周六晚上桃子会把皎皎接走。

他们离婚一年来,这个约定风雨无阻。

每个人都知道,如果车光老师那张石像一样木然的脸上能出现一

— YE NIAO —

些鲜活的表情,那一定是因为他五岁的女儿皎皎。

皎皎是他的掌上明珠,也是他生命中的阳光。

这一天,又是周五。

过了傍晚六点,桃子却接到了皎皎幼儿园的班主任打来的电话。

班主任说,今天皎皎爸爸没有来接皎皎,皎皎现在还一个人留在幼儿园,由园长妈妈陪着,哭得可伤心了。

桃子十万火急地打车前往幼儿园,将女儿接了回来,好一阵安抚,待到伺候女儿吃完饭洗完澡上床睡下,她才气冲冲地拨通了车光的电话。

电话一遍一遍地响起,却无人接听。

晚上,桃子躺在床上,最初的怒气散去,她越想越觉得有些不安。

和车光结婚五年,离婚一年,她不敢说自己了解他,毕竟就是新婚阶段,他一天也和她说不上十句话。但是,她觉得车光对皎皎的爱,是没有人能够质疑的。

她相信如果皎皎有任何危险,车光能够毫不犹豫地冲出去用自己的生命保护皎皎。

这也是离婚后他们双方没有交恶的重要原因。

毕竟让皎皎拥有一个如此深爱她的爸爸,或许比自己失去了一段婚姻更加重要。

— 第 二 幕 —

正因为如此,桃子不相信车光会为了任何突发的事情在不和她打招呼的情况下把皎皎扔在幼儿园不管。

每一次去幼儿园接皎皎,车光总是会第一个到达幼儿园门外,不管刮风下雨还是烈日当空,他瘦小的身影都会笔直地站在家长队伍的最前方。因为他说,他要皎皎出来第一眼就看见爸爸。

他怎么可能让皎皎一个人在幼儿园等到天黑?

说得更夸张点儿,桃子相信,就算他摔断了腿,他也一定会爬到幼儿园去!

那么,能有什么原因,让车光在约好的日子里没有出现?

除非……

桃子突然有了一种不祥的感觉。

她越不许自己往那方面想,越是不由自主地往那方面想。

但是,车光素来生活极简,两点一线,虽然沉默少言,却是出了名的老实人,从不敢与人交恶,他能有什么意外?

也许,只是他的手机掉了?

或者……

他找了新的女人?

算了!

就在这样一阵一阵的胡思乱想里,桃子终于昏昏睡去。

第二天上午,白一舟和往常一样,骑着他的旧单车打着哈欠晃晃

— YE NIAO —

悠悠地进了单位。

路过接待大厅时,看到他们组的女警李仙正在给一个报案人做笔录,旁边站着雷小昆。

李仙是去年新进来的刑警学院高才生,人漂亮得和小明星似的,性格还爽朗,一进来就把全局的小青年变成了迷弟。

其中最有坚持精神的莫过于雷小昆了。

他对李仙的一片痴心简直快成为局里的经典段子,好在李仙也不烦他,只是告诉他自己对他不来电,有时还和众人一起开开他的玩笑。雷小昆心大,倒也不以为意。

白一舟看到雷小昆背在身后的手上还提着一袋没开封的油条豆浆,他正好没来得及吃早餐,就想摸过去顺手牵羊。

谁知道羊没牵着,却被李仙抓了个壮丁。

李仙正愁找不到人手出警,一眼看到白一舟这个吊儿郎当的闲散人员,自然大喜过望,一把抓住不放。

于是,原本准备利用上午时间躲在办公室里补个眠的白大爷,就临时当上了走街串巷上门探访的片儿警。

也怪他不作死就不会死。

报警人是失踪人车光的前妻韦桃。

据韦桃陈述,昨天周五是她和车光约好由车光去幼儿园接他们的女儿的时间,但是时间过了,车光却没有出现。

— 第 二 幕 —

晚上她一直打车光的电话,也没有人接听。

她觉得车光一定是出事了。

离了婚的夫妻,一方有了新生活,忽略了原来的妻女完全正常,只是或许前妻不甘心承认自己的重要性已变,所以才脑补出各种意外大戏——这一定是李仙做笔录时的想法。

所以,李仙临时把白一舟抓住让他去车光的住处看看,也是认定这不过是一场误会。

只是既然有人报警,就总得出警,让闲着的白一舟去跑一趟,最合适不过。

于是,白一舟就顺着韦桃提供的地址,一路唱着"心里苦"慢慢找了过来。

这是一片年代久远的老小区。

在高楼林立的都市里,这种一栋才五层楼的建筑已经非常少见。这里曾经是桃远大学的教师福利房,只是因为小区实在破旧,现在基本已经很少有教师在此居住,多数是出租给了外来人员。

离婚后的车光就一个人住在这里。

白一舟从堆了不少杂物的楼梯间爬上了二楼,再穿过一条狭长的走廊,就到了车光的房门口。

他一边走一边习惯性地观察,这层楼以楼梯为中线,左右共有六户,车光的房子在右边的第二间。

— YE NIAO —

同一边的三间房子处于并排状态,分别有一门一窗露在走廊的一侧,为了隐私效果,每户人家的窗上都从内糊上了报纸或海报。
这么简陋的条件,现在的确是不多见了。
看来车光确实对生活没什么要求,如前妻所说,是一个木讷而古板的人。

白一舟准备敲门时,一个头发花白的老人从最里面那间房走了出来,看得出这是一个被生活磨砺得满面愁苦的老人,他正是残疾鞋匠老刘。
老刘的儿子六指昨日一天都没有回来,他打算去麻将馆问问。
这个废物儿子经常混在麻将馆,身体早就亏空,熬不了一天一夜,一般情况下,玩了一个白天或者一个晚上,总要回家补觉的,可自前天下午他出门以后,到现在已经超过二十四小时没回来了。
老刘有点担心,怕儿子暴毙在哪个牌桌上,决定还是前去喊一喊。

路过车老师房门口时,老刘才想起今天是周六,是皎皎来住的日子。
皎皎那孩子,是车老师的掌上明珠,但凡她来的这一天,这阴暗压抑的走廊里,总是会响起几声独属于孩子的欢笑,增添了几分人间生趣。
那孩子也很懂礼貌,见到他时,总是刘爷爷长刘爷爷短地叫,叫得他一颗枯萎的心,湿润欢喜。

— 第 二 幕 —

所以,不光车老师每周盼着去接皎皎,连他这个糟老头子,心里也隐隐期盼起来。

可是,今天不知道是不是皎皎还在赖床,日头已高,都还没有出来玩耍。

而且,门口居然站了一个高大的年轻人,似乎准备敲门。

难道是车老师的学生?不过车老师家里常年没有人来访啊!

他下意识地抬头缓慢地多看了两眼,见人家望向他,又赶快缩了脖子低头。

好一个相貌堂堂的年轻人,比起他那儿子六指,真是一个天上一个地底。

他心里悲伤地感叹着,脚步却没有停歇,有些蹒跚地下楼去了。

在弯曲的手指即将落到那扇褐色的旧门上时,白一舟突然感觉到一种奇怪的不适。

他立刻停住动作,从一副要死不活的状态瞬间变成了警觉的猎犬,如果这时有人与他面对面,会发现他的眼睛里射出凛人的精光,似蓄势待发。

他知道自己的这种异常感意味着什么。

从以往几次同样的经历来看,这种不适感都与命案紧密相随。

他不知道自己的这种第六感来自哪里,也许是来自他同为警察的父亲。

— YE NIAO —

父亲白威，已经失踪近二十年了。

失踪前，父亲正在办一件和毒品走私有关的要案，所有人都认为父亲遭遇了毒手，然而，他却一直有一种感觉，他相信父亲还活着。

父亲失踪后，他一夜成熟，仿佛身体里住进了另一个灵魂，在吊儿郎当的外表下，有了毕生要与鲜血和痛苦打交道的责任。

那就是来自于他对犯罪气息的极度痛恨与惊人直觉。

此刻，他就能确定，眼前这间看似沉静普通的房子里，有命案发生，他甚至能闻到门缝里溢出来的血腥味，令他的后背不动声色地冒起了一层鸡皮疙瘩。

他立刻给局里打了电话，要局里派人手过来。

然后他深吸了一口气，朝后退了一步，猛地飞起一脚，生生踹开了那扇门。

他确信，不用敲响房门了。

因为房间里已经没有可以应答的人。

房间里没有活人。

只有死人。

但是，当轰然巨响过后，显得破旧的门痛苦地洞开时，白一舟却看到了令他无比意外和震惊的画面。

他不是没有见过大场面的人，就算是门后一地尸块，他也有所

— 第 二 幕 —

准备。

令他意外的是,他的第六感竟然出现了错误。

屋里确实发生了命案。

但屋里并非没有活人。

血,并不太多。浓稠的血液像一条条恶心的巨虫,从一个男性腹部插着的刀柄处流出来,在他的身下盘成一小摊,但此时已然凝固。

死者穿着一件脏旧得看不太出本色的深色夹克,脚上的拖鞋已经飞到了房间的另一处,露出来的脚底板又脏又黑且长满了鸡眼和茧子,头发也脏如鸡窝,一看就是那种生活境遇很差却又游手好闲的人。

死者背靠桌腿坐着,一双枯手向前伸出,在虚空中呈现出八爪鱼状,怒目圆瞪,仿佛随时要扑过来。这诡异的姿势配上死者特有的青灰色的皮肤颜色,要多诡异有多诡异。

死者的身边,还坐着一个活人。

一个矮小的、面色木然的中年男人。

他就双腿盘坐在离死者大约一米远的地板上。

他穿着老式的格纹灰衬衫,领口和袖口都认真扣紧,一丝不苟,全身透着一种小知识分子的严谨和穷酸。

他的眼睛微微睁着,目光却是空洞无物的,仿佛在看着地上的血,又仿佛什么也没看见。

— YE NIAO —

白一舟判断这应该就是失踪的车光。

只是,这个据说爱女如命、生活单调、性格古板的图书馆管理员,他怀里抱着的是什么?

乍一看,他还以为车光抱着一个妙龄少女!

但他是何其敏感的人,他立时发现不对!

那不是真人!

是人偶!

一个与真人同等大小的极其逼真的人偶!

不是市面上能买到的普通人偶,那是一种通过非常复杂的渠道才能在国外定制到的高级性爱人偶,身体、相貌如同真人,关节能够自由扭动,摆成各种姿势,穿上衣服便宛若真人,据说发肤触感也与真人无异,价格自然极其昂贵。

那少女人偶跨坐在车光的腿上,双手搂着车光的脖子,把头搁在车光的右肩上,车光也紧紧抱着人偶的后背,仿佛抱着最珍爱的情人。

那少女人偶上身穿着的,竟是校服!

白一舟的胃里突然一阵翻腾。

他隐隐猜到了什么,这一刻,他突然非常庆幸那个叫皎皎的纯洁孩子和那个叫韦桃的善良前妻此时没有出现在这里。

而他希望,她们以后的路,与眼前这个男人,不再有关。

— 第 二 幕 —

白一舟决定先不进去,顺手又打了个电话,叫救护车过来。

刚放下手机,突然听到身后有异响,他一个急转,就看到不久前蹒跚着下楼的老人,不知道何时,又回来了。

此时,老人那双混浊的眼睛比平时瞪大了两倍,失神地看着屋里的情形,干裂深色的嘴唇不断地颤抖着,缺了一根手指的左手神经质般指着房间里。

白一舟暗叫一声不好,怪自己刚才一时失神,竟没有将房门掩上,这血腥场面恐怕刺激到了这垂暮老人。

他立时用身体挡住老人的视线,同时伸手到口袋里去掏自己的证件。他知道,在受到惊吓时,一个警察的身份往往能给普通群众带来神奇的安慰。

但是,还没有等白一舟掏出证件,那老人的身体已经如遭遇了突如其来的飓风般疯狂摇晃起来,他仿佛想要拼尽全力挪动自己的双腿,但那双腿如同已经脱离了他的身体,根本不听使唤。

他摇晃着、颤抖着,像在一个巨大的人生漩涡里旋转,没有方向,也没有明天。

早该习惯了。

早知道会有这样一天。

可是,竟然还会痛。

鞋匠老刘发出一声惨呼。

── YE NIAO ──

那声音凄厉得如同鬼号,那可能是他这失败而懦弱的一生里,发出过的最强音,连心理素质过硬的白一舟都被这突如其来的瘆人声音吓了一跳。

"六子啊!"

老刘惨呼着儿子的小名,想要奋力再接近已经死透了的儿子一点,但终于无能为力地翻了个白眼,像一截老朽的烂木般,轰然倒地。

烟雨迷离,很少有人在非祭扫节日的时间里来墓园祭扫,所以,今天也是如往常般静谧。

披着一件黑色斗篷,撑着一把黑伞的少年,怀里抱着一束母亲生前最爱的铃兰花而来。

他穿过一排又一排灰白色的碑座,最终停下了脚步。

眼前的墓和其他的没有什么不同,只是碑上刻着的字,与他血肉相通。

爱妻葛铃兰。

在这座墓的旁边,还有一座也与他相关。

他把目光缓缓移过去。

爱子孟遥河。

突然之间,原本平静的面具像被一记重拳猝不及防间击个粉碎,他甚至能够感觉到来自空气中的巨大力量,令他瞬间变成了千万个尘埃,在宇宙间飘荡。

— 第 二 幕 —

少年是青川。

他是瞒着米露来到这里的。

米露认为,来扫墓的刺激对他来说或有不可预知的风险,所以极力反对。

但他还是来了。

他觉得自己已经准备好了。

然而,在看到那两个熟悉的名字的一瞬,他就感觉已经魂飞天外。

他已经死去了,那么,活下来的人,是谁?

也许,他这样一个怪物,原本就不能叫活。

他用力闭眼,再闭眼,用尽最大的力量,将杂念赶走。

他把黑伞轻轻收好,轻轻放在一边,小心地整理了一下怀里的铃兰花束,然后虔诚地放在葛铃兰的墓碑前。

"今天是您的生日,我给您带了您最喜欢的花。"他低声说,"您好吗?"

下一秒,似有难以解释的第六感,青川察觉到有人进入了墓园。

几乎是下意识地,他飞速拿起黑伞,然后只犹豫了一秒,便伸手取走了墓前的花,闪身躲进了不远处的一处墓碑后面。

一朵小小的铃兰花悄然坠落,像是逝者的眼泪。

— YE NIAO —

瘦小的身影出现在远处的小道上。

他看起来行走十分艰难,不但个头矮小身形佝偻可怜,腿脚还似不便,走几步,便要歇一歇。

但是他却有着非常的毅力,不达目的不停歇的决心。

只要不死,路总能走下去的。

多年来,他不正是凭着这样的狠劲,才把命运抓在自己手里的吗?

孟方走到葛铃兰的墓前。

他似乎已经累极,细雨早已濡湿了他花白的头发和单薄的衣衫,他却毫不在意,喘了一口气,就靠着墓碑吃力地坐在了地上。

"铃兰,我来了。"

孟方抚摸着墓碑上的照片,就好像温柔地抚摸着妻子的脸。

"今天是你的生日,你看,你还是那么美,可是我已经变成一个糟老头子了。

"这么多年了,我无时无刻不在想念你,想念你和我之间的点点滴滴,想念你给我生的儿子……铃兰,你在那边也想着我吗?"

他的姿势,他的语言,他的声音,都穿过冰冷的空气,到达了青川的灵魂里。

如果,他不认识这个人,他一定会以为,这是一个深爱着妻子的

— 第 二 幕 —

孤苦老人。

然而，他现在却需要用尽全力控制着自己身体的剧烈颤抖，避免被那个人发现。

因为，那不是一个普通老人，那是一个魔鬼。

孟方把怀里的花束放下，嘴里还在念叨着："你看我，光顾着和你说话，花都忘了给你。你最喜欢铃兰，因为你的名字就是铃兰，你看今天这花好不好？"

他伸出手理了几下花瓣，让它们姿势更加舒展。

就在这一刻，虽然青川的角度根本看不清孟方的脸，却感觉到一阵寒意遍布脊背，心也加速狂跳起来。

有什么不对！

孟方缓缓地扶着墓碑站了起来，他虽然动作吃力，身材矮小，面目丑怪，却没有一个人敢在这时认为他是个无用老者。

因为他的周身迸发着狠戾之气。

那双细小如蛇的眼睛里，跳动着如同岩浆沸腾般的怒意和残忍，和一分钟前的痴情丈夫形象判若两人。

他的右手指间，捏着一朵小小的铃兰花。

那是刚从青川带来的花束里掉落下来的小小花苞。

被男人的手指一用力，便捏了个粉碎。

— YE NIAO —

孟方微微弯下腰，凑近女人清丽的面庞，盯着她的眼睛。

"不愧是当年的校花啊，这么多年了，还有人记得你。"

他怪笑起来。

"当年爱慕你的人那么多，如果不是为了帮你父亲拿到我的研究心血，为他所用，美若天仙的你又怎么会主动追求我这个丑八怪？

"都死了这么多年了，还不肯安分？

"是谁？那个男人是谁？

"你说啊！你说不说！

"你的一切都是我的，你是我的，遥河也是我的，你们怎么敢背叛我！"

……

言辞越来越激烈，在这个弱小的女人面前，他不需要掩饰自己就是一头最卑劣的嗜血兽。

他用脚踩踏带来的鲜花，狂暴地踹向墓碑。

女人不说话，她静静的，像多年前的每一次那样，睁着大大的眼睛，看着他，看着这个她不懂的世界。

她的眼睛里，有泪水，有哀求，有害怕，还有迷茫。

仿佛做错的不是她，而是他。

明明是她对他不够忠诚，她无法证明自己的忠诚！

他那么爱她，她是他这个优秀的灵魂在这个愚蠢的世界爱过的唯

— 第 二 幕 —

一女人!
但她的心里并不是只有他!

青川的意识开始模糊,他感觉很糟糕。
手里的花和伞已经无声地滑落在地。
他蹲在一块墓碑后,用力地抱住自己的脑袋,蜷缩着身体,似乎想要把自己的身体缩进地底。
就像小小的孟遥河每一次听到见到父亲在虐打母亲时那样。
太糟糕了。
他尚未失去的理智告诉他,他遇到了最危险的事。
他没有想到,会和孟方狭路相逢。
他以为孟方这么多年已经放过了他们。
但显然没有。
他以为自己经过这么多年的烈火淬炼,甚至已经死过一次般全身心被重塑,他不会再惧怕这个男人。
但他此刻在剧烈发抖。

不知道过了多久,青川的意识才渐渐像飞散的星尘碎片般,悠悠聚拢回他体内。
葛铃兰的墓前已经没有人,他已经走了。
然而,青川心里的感觉却很不好。

— YE NIAO —

有一种似曾相识的感觉在他体内充盈、激荡，他能够清楚地感觉到自己的意志力受到异常的冲击，一些不安定的因子在蠢蠢欲动，试图冲破阻碍，长成庞然大物。

比起见到孟方和听到他那些话，此时的青川，更加惊骇，甚至是绝望。

他害怕了。

他真的害怕。

他的手像得了某种病症一样哆嗦着，好不容易才摸出自己的手机，按下早就设置好的紧急联系人呼叫。

是米露。

然而，电话响了许久，却没有被接听。

寻求依靠没有得到满足再一次加深了青川的恐惧，他陷入了狂乱的惊恐里。

他没有信心能够靠自己的力量控制住体内的怪兽，他需要吃药，需要打针，需要米露的帮助。

他不能，他不能再一次失控，不能变成那个人渴望的样子。

青川的头脑里有一道道白色刺眼的光在唰唰唰地闪动，像一把把飞剑，刺过来，刺过去，越来越多的血色碎片在视网膜上闪现出来，他分不清那是现实还是幻觉。

他只能凭借着自己的最后一点神智，跌跌撞撞朝着墓园外跑去。

他必须立刻回到米露身边，只有她才有办法救他。

— 第 二 幕 —

在他的身后,被放弃的洁白的铃兰花和黑色的伞凌乱地躺在湿润的地面上,静默地看着他的背影。

仿佛也在感受着他的悲伤。

城郊墓园外的马路上,来往车辆稀少。

偶有车经过,看到站在路边的青川,都加了一脚油门,飞驰而过。在墓园边神色诡异的黑衣少年,全身湿透的样子形如鬼魅,也难怪没有人愿意停下多看一眼。

青川有些后悔自己没有开车来。

他快支撑不住了,脑海里疯狂的闪电乱窜,心头的一把邪火似乎要冲出来,而这感觉,他再熟悉不过。

只是现在,他不会再哭喊,再求饶了。

白一舟一脚刹车踩下,那辆国产二手车的刹车片在雨水里发出了刺耳的尖叫,但好歹停下了。

蹲在路边抱着头宛如发病的那个人,却好像聋了一样,听不到这尖厉的声音,头都没有抬一抬。

要么是病了,要么是伤心过度。

白一舟跳下车,热情奔上前,刚一伸手触着那人肩膀,就忽感一股不可思议的大力,自指尖传来,那人一个反手,捏住了他的手腕,

— YE NIAO —

将他顺势摔出。

猝不及防间,白一舟猛退一步。

如果不是他有着极佳的反应能力和过硬的身体素质,那力道大约能对他造成不小的伤害。

比如臂骨骨折。

双方都在极度震惊中看向了对方。

是你?

白一舟大吃一惊。

他记得青川,那个在面摊上相遇的故意留给他一张旧报纸的美貌少年。

但是此时,他的黑发被雨雾濡湿,狼狈地贴在前额上,一双眼睛里布满红丝,虽然看得出在极力控制,身体却不正常地微微颤抖。

还有刚才他那仿佛要置人于死地的奋力一击。

如果换了他人,那一下可能已经造成伤害后果。

他遇到了什么?

是你啊。

青川恍恍惚惚地想。

不知道为什么,他已经绷到临界点的心,突然松了一下,好像濒死的鱼,获得了一丝水的滋润,得到了一点喘息。

— 第 二 幕 —

然后他就双膝一软,跪了下去。

并没有想象中的触地疼痛,白一舟一个箭步托住了他,顺手就把他塞进了自己那辆老爷车的后座。

关门的声音巨大。

"我看看最近的医院在哪儿……"白一舟打开手机上的地图搜索。

不知道为什么,虽然这少年攻击了他,但他心里并没有生气,反而有点难受。

不知道是因为那么一个优雅漂亮的人儿怎么突然变成了这个落魄样子,还是为对方似乎正在遭遇难以忍受的病痛难受?

反正他觉得怪不舒服的,得赶快送人去医院。

"去……这里。"

青川把自己的手机递过来。

白一舟一碰到少年的手指便吓下了一跳。

他接触过不少死尸,但他感觉,后座上这个活人的皮肤,好像比死尸还要冷。

像千年没有见过阳光的冰。

"还是去三甲医院吧。"白一舟一脚油门上了路。这小子给他的,竟然是一家私人诊所的地址。

"去这里。"

像是已经没有力气再多说一个字,青川张开手指,像钳子一样死

— YE NIAO —

死钳住了白一舟正在开车的右臂。

白一舟瞬间龇牙咧嘴。

他想,他绝不能让人知道他竟然被这么一个瘦弱小子抓到疼出眼泪。

这小子哪里是人类啊?这爪子又冰又尖又有着剔骨之力,这分明是僵尸吧?

青川不知道白一舟的想法,他只希望白一舟这一次不要再和他皮。他没有时间了。

好在白一舟察觉到了他的绝望情绪,回手轻轻拍了几下他的手背。

"好好好,去诊所。"

米露打开门,看到被白一舟架着的青川时,那脸色瞬间如烟花炸裂,五颜六色劲爆无比。

她几乎是咬牙切齿对白一舟说了句"谢谢",然后一把抓住青川的胳膊,把他猛地拖过来,架在自己的肩上,飞速转身进屋,还不忘回身一脚把门踢上。

留下白一舟目瞪口呆停在原地,久久回味。

好凶的美人。

力气好大的美人。

好有个性的美人。

— 第 二 幕 —

他抬头看看门卡上的名牌，念出她的名字——
"米露……名字不错。"

9. 人偶情人

六指的一生，就像一只乏善可陈的虫蚁，渺小到连刻意伸手捏死都觉得多余。

他出生在一个极其穷苦的山村里，据说母亲生下他不久，就受不了日子的绝望而离家出走。

跟随着懦弱无能的父亲饥一顿饱一顿地长大，他的内心里有没有向往过其他孩子有娘的生活，是没有人关心过的。

长到六岁时，家乡大灾颗粒无收，父亲终于带着他离开了那个山村，从此以后他再也不曾回去。

跟随懦弱无能的父亲一路流浪，自然受尽屈辱吃尽苦头，连桥洞下的野狗都敢朝他们身上撒尿，他自然也觉得自己跟臭老鼠没什么两样。

父亲的那根断指就是在桥洞下睡觉时被一条恶狗咬掉的。

因此，对他这样一个人来说，活着就是好事，活得更舒服一点就是运气，至于秩序、规则、三纲五常伦理道德……他根本毫无概念。

— YE NIAO —

与其说他是人,不如说他其实也就是一只两脚行走的兽。

这或许确实不能怪他,毕竟在他的成长岁月里,他过的就是兽般的生活,还是那种最底层的兽。

不知道是哪一年,他们流浪到桃远市。

在这里,他们交了好运,被当地政府工作人员收容安置,免费送他父亲学了一门修鞋的手艺。

他这父亲就像一头老牛,有人给了一个目标,就会低着头不停地耕。

有了一门手艺一个工具箱,他父亲从早到晚地做,生活竟然有了点儿起色,渐渐积攒下一点小钱来。

那些年,好像嗖地就过去了,他也不记得怎么就过去了,总之每天能吃饱穿暖,还能光着脚丫子到处疯玩,他觉得无比满意。

如果说有什么不满,大概就是十几岁的时候,他父亲攒了点儿小钱后,竟然开始幻想让他学点儿知识。

知识是什么?

有烟好抽?

有酒好喝?

有女人的白嫩手臂好看?

他已经有了自己的世界,自然觉得自己爹是在犯蠢。

— 第 二 幕 —

　　无奈他还得靠着这个蠢爹生活,只得跟着父亲,搬离了原来的棚户区,搬进了城区里,还搬到了一个据说是大学老师居住的小区。
　　大字不识几个的父亲修鞋时认识了一个退休老师,人家几句话指点,他就铆足了劲折腾。这时候自然不会有学校收已经胡子都长出一嘴的六指上学了,那就和老师们住得近一点,平日里老师们随手指点六指几句,那知识怕是也能让六指受益一生。
　　他的老父亲大概这辈子没做过美梦,唯一做的这一回,还因为经验不足变得货不对版。
　　这小区倒是还有些老师在住,不过更多的,是像他们一样的租户,也没有谁想要多看这个又干又瘦明明才十几岁却好像三十几岁的长着老鼠胡的丑男孩儿一眼,更不要说主动教他什么。
　　知识没学着,房租却比以前的棚户区高了几倍,而在城区中心,人们修鞋的需求明显大量减少,父亲老刘的收入下降了。
　　这一切都让老刘受到了不知所措的打击,他像一个陀螺一样被击得团团转,满眼都是茫然,于是背更驼了,脖子更缩了。
　　不过,六指倒是打开了新的世界,他发现在城区中心,有那么多好吃好看好玩的事近在眼前,充满了闪闪发光香气扑鼻欲罢不能的诱惑。
　　他的欲望之树蓬勃向上。
　　他想要,他都想要。

— YE NIAO —

不过老鼠胡少年很快就发现,他和他的蠢爹一样无能,或者说比他的蠢爹更无能,他还得靠蠢爹养活呢。

但各种诱惑是那么大,老鼠胡少年六指很快就摸索出了自己的生存之道,他不想再回到原来的世界了。

二十岁,三十岁……

他渐渐成了这个小区里人人都能唤上一声的"六指",其实他爹是叫他"六子",但人人都知道老刘鞋匠缺了一根手指,于是就故意把他的儿子叫作六指,意思是笑他要他多长一根手指给他爹用,自然是带了轻视的意味,他也涎着脸应了。

没有工作,也不想工作。

没有女人,日思夜想女人。

每天在鞋匠老爹那里拿点儿钱,然后去麻将馆和小茶馆泡一天,晚上抱着小画报想女人想得做狼嚎状,白天实在躁急了抓着麻将馆的媳妇大娘就是一顿咸猪手,然后被打到鼻青脸肿满地找牙仍然一脸心满意足。

那阵子,小区里总有小姑娘小媳妇的内裤晾在阳台上无故失踪,大家都怀疑是这个猥琐小子做的好事,却又抓不着现场,只能指桑骂槐。

六指倒也不在意,他对那些内裤才没兴趣呢,他有兴趣的,是内裤包裹下的白花花的屁股。

— 第 二 幕 —

这个若能偷,他倒是会想尽办法去偷。

刘六指的一生,本来就要在这望得见尽头的腐朽里,一路下去了。

然而命运的伏笔,总让人意想不到。

那一天,他从麻将馆回来,大约是深夜两点。

他一般不会这个时间回家,如果晚上去,那就是通宵的节奏。但那天他不知道是晚餐吃错了什么东西,肚子里一直在翻滚,几个小时时间,已经跑了五六趟厕所,拉得牌友们怨气冲天。

后来来了个下夜班的替补,裤子都没提好就冲回来的六指就被趁机赶下了桌,他也确实拉得有点儿虚脱,于是一路骂骂咧咧地就往家里晃。

路过车光老师房门口时,他放轻了脚步。对这个沉默少言的知识分子,他一方面很是不屑,另一方面又有些惧怕,尤其是前一阵子,为了他对他的鞋匠父亲大吼大叫的事,这个矮子老师竟然冲过来对他好一阵训,说了一大堆他听不懂的话,虽然听不懂,但一脸严肃正气也着实让他有点莫名地犯厌。

从那以后,六指就不想再和这个矮子老师有任何交集,总觉得对上他的目光,有点儿像老鼠见了猫儿。

路过车老师的窗外时,他好像听到了什么奇怪的声音。

不,不是奇怪的声音,是他最渴望的那种声音,是女人的声音!

— YE NIAO —

    细细的一声叹息般的呻吟,若有若无,却如同一根钢丝般坚韧的线,瞬间将六指的脑子一下子切成了两半儿!
    一半是兴奋,一半是愤怒。
    道貌岸然的车老师在玩女人!
    他教训自己的时候,那副之乎者也的圣人嘴脸,可装得够足的!呸!脱了裤子还不是那点丑事!谁和谁还不一样了!

    又是一声男人的喘息!
    六指哪里还迈得动腿,他已经全身张成了壁虎状,死死贴在了车光的墙外,只恨自己没有穿墙术。
    一双糊满眼屎的小小贼眼,贴着窗缝贪婪地寻找着窥视的机会,那眼里流露出来的下流猥琐贪婪,恐怕一般的女人见到,都会恶心到吃不下饭。
    六指可顾不了那么多,在他的不懈努力下,竟然真的让他找着了一条极其细小的窗缝,他当即屏住呼吸,将单眼用力地贴紧那条细缝。

    他看到了什么?!
    借着对面天窗上透出来的一点点微光,他看到又矮又丑又老的车光,正在和一个妙龄少女激烈交欢!
    六指的血一下子全部涌到了大脑!
    视线往下,瞄见那女人幼白细嫩的长腿和褪到脚踝的裙子时,那

— 第 二 幕 —

一脑子的血又哗地全涌到了腹部以下!

是个少女无疑!

虽然她背对着自己,但那身上凌乱的衣裳,他认得那是学生的校服!

好啊!这个老畜生,居然玩女学生!

明明比自己还要丑怪,却因为是老师,就可以玩这么漂亮粉嫩的女学生!

他万万没想到,就在他辗转反侧焦躁难眠的无数个夜里,在离他这么近的地方,竟然有着这么天大的秘密!

那天晚上,六指又害怕又兴奋,又愤怒又蠢动,他都不知道自己是怎么迷迷糊糊爬回他那张单人床的。

不过,从那天以后,鞋匠老刘发现,他那废物儿子突然很少通宵出去赌了。

就算出去,半夜也会回来。

这让他有一点欣慰。

他哪里知道,在他睡下后的深夜,六指经常像壁虎一样趴在车光老师的墙根下,等着再次目睹激情。

很长一段时间里,车光的房间里入夜后都安静无比,六指蹲守了多日后,甚至开始怀疑自己那晚是不是发了癔症。

— YE NIAO —

但是老天爷照顾,一个多月后,就在他快要死心的时候,他再一次目睹了一切。

校服少女,禽兽老师……

凭什么他能骑在那女人身上,而我只能在墙外偷窥?

他也不过是一个老婆都不要了的废物而已。

而我至少比他年轻!

一个疯狂的念头在六指心里成形。

第二天,车光正准备去上班,隔壁的六指不知道从哪个角落蹿了出来,强行把他拉到一边去,似乎有话要说。

车光以为六指要说上次那件事。

上次那事是他冲动了,他很少强出头的,平时连话也不愿意多说,但是对于鞋匠老刘,他多少有着一些同情和怜悯——这是一个比他更失败的可怜老男人。

所以,当看到不学无术游手好闲的六指张牙舞爪地逼自己的父亲拿出积蓄给自己做赌资时,他一时脑热,把那小子狠狠教训了一顿。

之后自然是有些后悔的,怕那小子报复。

不过那小子比他想象中更怂,从那以后居然绕着他走,令他暗暗苦笑。

今天不知道怎么回事,六指居然主动拦住了他。

— 第 二 幕 —

"我看到了!"六指压低嗓子说。

"什么?"

车光有些不习惯六指的脸离自己那么近,这使他浓重的口臭和黄牙都被放大,令人有些反胃。

六指做了一个下流的动作。

车光更反感了,他皱着眉头试图摆出老师的威严,问:"你做什么?"

见车光一直装傻,六指的无名邪火涌了上来,掌握着对方秘密的感觉,令他的胆子前所未有地大起来。

"我看见,你跟女学生做那个事!"六指说。

车光愣住了。

六指唯恐他还赖,指手画脚地补充道:"女学生!穿着校服!长头发!你骑在她身上……"

车光的脸一下子变得煞白,他忍无可忍地喝道:"闭嘴!"

六指却以为他是怕了,赶快提出自己的要求:"你让我也玩一玩,不然……"

车光扭头就走。

六指急了,在他后面大叫起来:"你不让我玩一回,我就去举报你,举报老师玩女学生!"

车光蓦地站住,缓缓回过头来。那一瞬间,他的目光变得像一头饿狼一样凶狠,他盯着六指一字一字地说:"你再胡说八道,我把你

— YE NIAO —

剁碎喂狗！"

六指从来没见过车光的这种眼神，他被吓住了，只好眼睁睁看着车光扬长而去。

之后的车光，仿佛什么事也没有发生，依然按时进出，看到六指的时候仿佛当他只是空气。

然而六指回过神来，却越想越生气。

他不明白车光为什么这么小气，反正自己已经玩了那么多回，让他玩一回又何妨？！

可是他又确实很怕车光把他剁碎喂狗，去举报吧，他其实也不知道该去哪里举报，举报了又会不会把他也抓起来……

就在这样的纠结不甘里，机会突然来了。

那天他的鞋匠老爹中午收摊，一边下面一边念叨着今天早上车老师擦鞋起身的时候把裤兜里的钥匙落在鞋摊上了。

那钥匙串上有一张那个每周五过来住的女孩儿的小照片吊坠，他知道那是车光的女儿。

老鞋匠惦记着等车老师下班赶快把钥匙给他送去，却不知道他儿子的那双老鼠眼，已经在钥匙上转个不停。

趁老头儿中午打盹的工夫，六指把车光的钥匙拿出去，找了个地方配了一把。

— 第 二 幕 —

而正是这把钥匙,开启了六指的死亡之门。

10. 红眼蓝花

车光垂着头,坐在桌子边。

对面的警察在说些什么,他都不想听。

他本来就身形瘦小、气质木讷、长相沧桑,三十岁的年纪,却像个五六十岁的老头子。

经此大变,那副黑框厚瓶底眼镜又在那天弄丢了,使得这些天他的眼前都是一片模糊。

倒是很符合他现在的心境。

一片模糊。

这一路走来,发生了什么,怎么走到这一步,车光都觉得像是不真实的梦。

六指的死亡是意料之外的。

他努力地回想着,那天夜里发生了什么。

听到门响的时候,他还没有意识到发生了什么事,直到那个二流子六指涎着一张脸站到他的面前,他才被愤怒瞬间包围。

— YE NIAO —

    他知道这个二流子想要什么，这么一个垃圾，居然敢威胁他，还想奢望他看都不应该看的东西。

    但他没想到，六指竟然有胆子偷配了他家的钥匙，半夜里大摇大摆进他家里来。

    已经晚了。

    从六指那双老鼠眼里射出来的狂热的光中，他看到了不顾一切的疯狂。

    他的血一下子全涌到了头顶，奋力跃起去挡住六指的视线。

    他不允许任何人这样看"她"！

    但是，六指已经失去了理智，他竟然像一头饿极了的狼"嗷"的一声怪叫扑上来，试图从他手中抢走"她"！

    两个都不算强壮的男人用极其丑陋的姿态厮打在一起。

    车光的眼镜，大概就是那时，被六指打掉的。

    后来，六指是怎么死的，他已经记不清了。

    或许大家都变成了兽，撕咬中，谁撞上了哪里，也未可知。刀是谁的？从哪里伸出来的？他也不知道了。

    反正，突然间，热乎乎的腥咸的液体涌了出来，包裹着他，像是世界上最强力的胶水，让他感觉不能再挪动分毫。

    他就那么坐在地上，时间停止了。

    后来，警察破门而入了。

— 第 二 幕 —

他顾不得去想,自己的丑闻已经在学校里传成了什么样子。
反正,永远也回不去了。
他将变成一个可笑又耻辱的传说,在那些学生和老师中间相传。
他弄砸了一切,自作自受。
唯一值得安慰的,是他终于还是保护了"她"吧?

白一舟总觉得六指案中,有什么地方不对劲。
车光无论怎么问,都拒不开口,眼观鼻,鼻观心,一心只求速死。
但是在他家里搜出来的掺有安眠药粉的小熊饼干,仿真的性爱人偶,人偶穿的真人校服,还有存着大量网上下载的性爱视频的电脑光盘,似乎都透着说不出来的诡异。
案发后走访小区群众,很多人都提到近几年来,小区里一直有女性的内裤在晾晒中失踪,防不胜防,尤其是小女孩的内裤,更是占了绝大部分。
居民们一度担心有变态在附近,然而几年过去了,除了内裤依然不定期失踪,却并没有发生与此有关联的恶性案件,人们也就从恐惧变成了嫌恶甚至调侃。
大家怀疑最多的,就是鞋匠老刘的儿子六指。
但毕竟谁也没有抓到现场,骂归骂,六指照样涎着脸笑嘻嘻。
但是,为什么不能是车光?

— YE NIAO —

白一舟想。

如果车光有这种见不得人的心理需求，小熊饼干里掺的安眠药粉，又代表什么？

六指死亡背后的秘密，更加让人齿寒心冷。

白一舟决定再去看一看六指的尸体。

六指死于刀伤，车光却说，刀是六指自己带的。

奇怪的是，这刀并不是六指家里的刀，也不是在附近买的刀，没有人能说出这把国外的品牌刀具是从哪里来的，怎么会出现在六指手里。

他不是应该拥有这把价值不菲刀具的人。

他半夜用自己偷配的钥匙进入车光老师家又是为了什么？

停尸房最近正在做外墙维修，六指的尸体就存在这里。

白一舟进入停尸房的时候，值班室并没有人，正是中午十二点，值班的老头儿可能溜出去吃午餐，毕竟停尸房也不是经常有人愿意来的地方，一天到晚守着，也难得见到一两个活人来访。

白一舟进去的时候，不知道为什么，下意识地就打了一个冷战，他揉了揉鼻子，一个到了鼻尖的喷嚏又被他揉回去了，有点不爽。

他朝着放置六指尸体的区域快步走去。

没走几步，就看到了站在那里的一个人影。

— 第 二 幕 —

他以为是看守的老头儿,但瞬间就意识到不是,那人影比老头高得多,也瘦,身板却是笔直的,和一株竹子似的,那不是局里的任何一个人。

那人却没等他发问,已经转过身来,不慌不忙地看着他,开口道:"白警官,我在等你。"

白一舟一口气差点没上来。他觉得自己平素脸皮已经够厚的了,没想到有人比他更厚。

而且是这么理所当然,几乎让人疑心他只是天真。

天真到不懂他此刻站在这里,已经足够被抓起来。

但白一舟并没有立刻冲上前把那个人的手扭到背后,他竟然很蠢地答了一句:"你在这里做什么?"

话一出口他就差点给自己一耳光。

对方不是已经说了吗?在这里等你。

他在心里破口大骂。

这是赤裸裸的挑衅,你的专业素质去哪里了?你怎么会像一个初出茅庐的蠢货?难道就因为对方是那个不久前他刚刚在公墓外随手搭救了的奇怪少年?

一次龙虾面摊。

一次公墓外偶遇。

— YE NIAO —

他们并不算熟人。

青川欠了欠身,他身旁拉开的冰柜里,六指的尸体正躺在那里。
"我想来看看这个人的尸体。"他说。
白一舟此刻已经走到了青川的身边,但白一舟仍然没有出手抓青川,大概是青川完全不像要逃跑的样子,他面色苍白,看起来似乎大病未愈,但眉头紧锁,似乎正陷入苦恼的思考。
"为什么要看?"白一舟反问。
他看了看六指的脸,死人的脸在他看来,总是有某些相似之处的,他们完成了在这个世界上的任务,变成了没有生机的道具。
青川平静地抬眼看了白一舟一下,说:"我知道你也会来看他,所以在这里等你。"

这少年说话没头没尾,我行我素,似乎并不擅长沟通。
但白一舟总感觉,他说的是真话。
这是种直觉。
也是他没有把对方当成犯人的原因。
他行事一向有自己的标准,不那么符合职业规范,但一路走来,算得上无愧于心。有些看不习惯他的前辈,也因此对他无可奈何。
"哦。"不知道对方的依据是什么,但是他想多听听。
青川伸手指向六指右耳后的一处皮肤:"这里。"

— 第 二 幕 —

白一舟知道,那里有一个小小的伤口,他看过。
"很新鲜。"青川说,"是几天前的。"
"是什么?"白一舟耐心地问。
没有人会认为那代表什么,它太小了,甚至可以说是指甲挠的,蚊虫咬的。
除了这个言行古怪的少年。
"是红眼蓝花。"少年回答。
这是白一舟,第一次听到这个词,红眼蓝花。
一时间,他以为自己进入了幻想小说的世界。

就在这时,白一舟的电话突然响了。
他接起来听了几句,脸色未变,目光却凝重起来。
六指的父亲,鞋匠老刘自杀了。
他用几根鞋带连接起来的绳子,把自己吊死在了卫生间的管道上,并且在他的房间里发现了很多女性内裤。

青川从电话响起就盯着白一舟的脸,他看到白一舟放下电话,望向他时,立刻后退了一步。
"你不能抓我,我是来找你的。"他说,"我们必须合作,不然还有更多人会死。"
"你怎么知道有人死了?"白一舟问。

― YE NIAO ―

"谁死了?"青川反问。

白一舟抬了抬下巴:"他爸。"

"那个老鞋匠?"青川吃了一惊,又瞬间恍然大悟,"原来是他,他也是'虫'!"

现在白一舟开始怀疑自己的直觉了。

他也许真的是太自大了。

眼前的少年,真的不是精神病院跑出来的小说家吗?都说些什么奇怪的东西。

"带我去吧。"青川急急上前一步,"我会告诉你什么是红眼蓝花,什么是'虫'。"

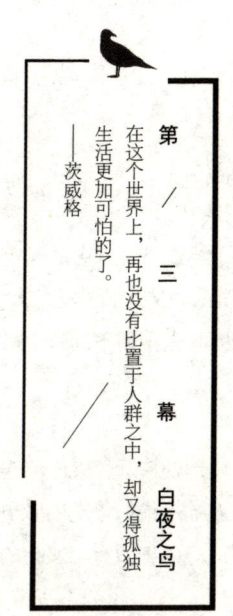

第 / 三 幕　白夜之鸟

在这个世界上，再也没有比置于人群之中，却又得孤独生活更加可怕的了。

——茨威格

— YE NIAO —

— 第 三 幕 —

11. 三兄弟的路

　　三十八年前，位于桃远市外郊区的五色河爱心孤儿院里，生活着十多个年龄不一的孤儿和五六个同样无家可归以院为家的保育员。

　　这座历经风雨的爱心人士留下的建筑虽然已经残旧，但依然是这些人遮风挡雨的温暖的家。

　　五色河爱心孤儿院地处偏远，以山路连接，比起日益繁荣发展迅速的桃远市，反而离连绵不绝的陷空山脉更近些，因此孩子们的教育一直没法正常进行，只能由稍微有点文化的园长欧阳奶奶教大家识识字，唱唱歌。

　　有一年，一个在海外留学归来的博士胡野来到了五色河爱心孤儿院，因为自己也曾是孤儿，因此对孤儿们格外有心。

　　胡博士因为身体不适，准备休养两年，便向欧阳园长提出，这两年间居住在五色河孤儿院里，顺便教孩子们读书。

　　对于一生没有走出过大山的园长和阿姨们来说，胡博士就好像天上的善神下凡，她们不知道如何感激他。

而对孩子们来说,知识渊博的胡博士的到来,为他们开启了一个奇妙无比的新世界。

胡博士带来了各种有着美丽图画的书本,以及几个神奇的盒子,把一些线连在一起能够播放出各种会动的图画。

这些都是孩子们在梦里也不曾接触过的新东西。

胡博士给孩子上各种课,课堂上表现好的孩子,可以得到进入他的房间观看那几个神奇盒子的奖励。

不久后,最聪明的五色河三兄弟中的大威首先弄清楚了,那几个神奇的盒子叫电视机、录像机。

他便兴冲冲地去告诉二威和小三。

五色河三兄弟其实不是真正的亲兄弟,他们都是弃婴。

弃婴中男孩儿比较少,据说大威是园长去山里捡菌子时捡的,当时他正发着高烧吐着白沫眼见不行了,园长不忍心,抱回来守了一周,硬是救活了。

二威是被人扔在孤儿院门口的残疾孩子,腿脚天生畸形,身材也格外瘦小,一看就像个怪物,应该是因此被丢弃。

只有小三被抱来时是个白乎乎的正常娃娃,他父亲是个异乡人,把小三托付给园长照顾一阵,说自己去寻他出走的老婆,谁知这一去就不复返。

院里就这三个男孩儿,年龄差距也不大,大威聪明,二威老实,

— 第 三 幕 —

小三成天傻乐傻乐地跟在大哥、二哥屁股后边，三个孩子成天在一起调皮捣蛋，倒也和亲兄弟没什么两样。

胡野也特别喜欢这三个男孩儿，尤其是聪明的大威。大威几乎天天和胡博士在一块，看他做事，看他读书，看他弄那些神奇的物件。
很多东西，胡博士稍一点拨，他就能懂。
然而，他们却万万没有想到，胡野根本不是所谓的大善人，他来到人迹罕至的五色河孤儿院，其实是另有目的。

胡野在国外从事的研究，是在心理学家约翰华生的理论基础上，进一步通过心理控制，达到对人精神操控的可能性探索。
因为很不道德地使用人做试验，迫于舆论压力，美国心理学会公布了试验伦理规定，并开除了获得了巨大成绩的约翰华生。
但他仍有相当的死忠拥护者。
胡野便是其一。
对于禁止利用人做试验的规定，他觉得非常遗憾和不满，认为华生对人类的贡献远远大于几个被试验牺牲的孩子，原本他可以有更大的突破，甚至改变整个世界。
而世界的改变，无不伴随着巨大的牺牲。
比如战争。
相比起来，科学家为在有生之年加快进展，牺牲一些试验者是多

么微不足道。

在这样的狂妄思想下,胡野在美国的工作屡屡犯规,最后不得不回国。

而回国后,他的想法变得更为坚定,一心想有朝一日靠突破进展翻身。偶然的机会,他发现了天高地远的五色河孤儿院,于是来到这里,开始在这些无父无母无人留意的孤儿身上进行他的试验。

胡博士利用给孩子们提供的果汁和牛奶,投放他的试验药物,再利用录像机和电视机,在封闭的环境里对孩子们进行视觉化脑刺激试验。

而孩子们和阿姨们都以为那是美好的游戏。

直至一段时间后,孤儿院里开始怪事频出。

有些原本乖巧的孩子,突然有了严重的暴力倾向,打人、砸物,甚至自残。

而在一个深夜,一个女孩儿起夜尿尿后回来,突然就疯了,每天闹着要脱光衣服出去跑。

园长和阿姨们慌了,她们六神无主,只能求助于胡博士。

胡野却趁机获得了更多单独接触孩子们的机会,把孩子们一一送入了地狱。

大威那时已经十一岁了,通过如饥似渴的主动学习,对外面那个

— 第 三 幕 —

世界已经有了一定的了解。

他知道外面的世界有医院,有医生,他想把那些异常的孩子送到医院去,他觉得他们是生病了。

奇怪的是,胡野却一直阻止和反对,他更同意园长和阿姨们的判断——孩子们是"撞邪"了。

胡野的反常判断让大威生出了疑心。

一个孩子有心窥探,总有着比成人更多的机会和方法,大威把自己的怀疑和担心告诉了二威和小三,要他们配合引开胡野,他自己终于找机会单独进入胡野的房间,看到了胡野的私人笔记。

虽然认字不多,但聪明的大威还是连猜带蒙得到了惊人的结论,胡野给那几个孩子下了毒,他们才变成了那样。

难怪他不肯送她们去医院!

就在这时,胡野突然回来了。眼见事情败露,他和愤怒的大威扭打在了一起。

大威虽然只是一个十一岁的孩子,却生得高大,个头已经和一个成人差不多,而且常年在外面野,体格强壮。胡野却天天坐在室内搞研究,虽然是个成人却手无缚鸡之力。

两人扭打下竟然是大威渐渐占了上风。

胡野也万万没想到,在这些宛若与世隔绝的孤儿孤妇里,居然会出现大威这样聪明的孩子,会发现他的阴谋,一时间也是措手不及。

— YE NIAO —

就在二人扭打的时候,外面传来了喊救火的声音,五色河孤儿院四处都冒出了浓烟,胡野大惊,甩开大威去拉门,却发现门已经在外面被人锁死了。

那一夜,阴风呼啸,火势凶猛,五色河孤儿院变成了炼狱。

天亮时,附近村落的村民才发现起火,而孤儿院已经被烧成了一地废墟,里面的孩子和阿姨还有胡野博士,全部化为黑灰,惨状惊动了桃远市领导,一时间此事上了报纸。

后来因为一切烧毁太过彻底,甚至无法确认遇难的具体人数,只能认为所有人全部死于大火。

至于为什么没有人逃出来,也无法解释。

村民们之前就听说了孩子们的异状,纷纷传说孤儿院被邪祟包围……

最后,这件事不了了之。

没有人知道,起火那天夜里,有人逃出了火场。

一个是残疾的二威,一个是跟着二威的小三。

两个孩子不知道是怎样逃了出来,最后历经千辛万苦,被不同的人收养,有了新的身份,新的生活。

也正因为如此,胡野的邪恶试验再一次死灰复燃,得到了延续。

这一次在继续这个试验的人,是成年的二威。

— 第 三 幕 —

一个惊心动魄的故事。

白一舟想。

但不知道为什么,他并不觉得难以接受。

大概从青川在面摊上刻意留下了有五色河孤儿院大火的报道的那张旧报纸开始,他就隐隐感觉到,他会和这些看似已经久远的事情发生碰撞。

那些死于大火中的孩子和阿姨的冤魂,或许一直在冷风里哭泣未停。

因为是被这个世界抛弃的人,因为没有任何骨肉至亲为他们追问,所以这么大的死亡案件,也就当成一次意外了结。

也许是上天终于对他们生出了一点怜悯之心,所以留下了一点微小的火星,在数年后还闪出一线微弱的光亮。

就是这个宛若凭空出现的奇怪少年。

如果他来自故事里,那么一般的古怪,都不再古怪。

他有足够的理由,因为他背负着来自几十年前的那么多条人命。

所以他有着少年的外貌,言行却像个古板的老者。

"能给我看一下,二威他现在的照片吗?"白一舟问。

如果二威在继续胡野的试验,那他现在的身份,必定不凡。

青川也不意外白一舟的问法,他打开手机,点了几下社会新闻的

— YE NIAO —

链接，然后递到白一舟面前。

白一舟看了一眼，饶是有心理准备，仍然倒抽了一口凉气。

孟方，本市甚至本省都有名的经济大户，明星企业家，励志楷模。其掌控的集团不仅在各行业都有所投资且表现不凡，还是本省人大代表，和市里省里领导班子都有着密切联系，是个亦商亦政的高手。

而他确实形象丑怪，身材异常矮小，腿脚有残疾，和青川故事里的二威描述一致。

"这个试验的目标到底是什么？"

像孟方这样的成功人士，还有什么需求没有实现？

青川却转而回答了他一直没有提及的另外两个问题："胡野在他工作笔记里，把他的试验对象称为'虫'，后来孟方沿用了这个称呼。他选了一些普通人，并通过药物和催眠控制了他们，让他们成为试验品，并称这些试验品为'虫'。"

他看到白一舟露出震惊的表情。

"是的，孟方比胡野更为可怕，他直接选择了人群中的普通人做人体试验。为让他的试验结果万无一失，他甚至会刻意挑选不同身份和环境下的不同人来做试验。他把普通人变成他的'虫'的试验，已经进行了十几年，翁良渚的母亲和六指的父亲，恐怕就是他最早期的那批虫。"

— 第 三 幕 —

白一舟眼前浮现出翁太太满嘴是血的疯狂样子,以及老刘的死状,不知道为什么,胃里一阵翻腾。

他曾见过无数的邪恶和黑暗,并不是脆弱的人。

但是,把活生生的人变成疯子,这实在恶心得有点超出了他的预计。

他感觉生理性不适。

"所以,试验的目标是让人失去本性,变成犯罪疯子?"

"不,那只是胡野达到的目标。"青川说,"孟方的目标,是把人彻底变成傀儡,能听从指令做任何事情。"

"这不可能。"这人不是疯子就是傻子。

如果这样的试验真的能够成功,那他就不是一个企业家了,他是世界之王。

这样疯狂的试验,简直让人骇然失笑。

"不巧的是,小时候,孟方在陷空山区里的一处少数民族部落里,听到了一个蛇神的传说。传说遇到红眼蓝花的蛇神,人就会丢失魂魄成为蛇神的仆人。开始试验后,孟方深入山区,九死一生,竟然真的捉到了红眼蓝花剧毒蛇,提取了其毒液研究后,发现其毒液有着极为强烈的致幻作用,能够与他的研究完美结合。"

青川轻轻地叹了一口气:"他成功了。那些'虫'已经没有了生存价值,最近他陆续给他们下达死亡命令。如果'虫'无声无息地死去,

— YE NIAO —

没有人会将这些死亡与犯罪联系在一起。"

　　除了我。青川想。
　　因为我也曾经是他的"虫",同类总是能够感觉到同类的气息的。
　　可是,我现在已经重生,我不再是他的"虫"了。
　　我是鸟,哪怕夜再黑,也要努力飞翔的鸟。
　　我在寻找每一只"虫"。

　　白一舟看着青川的表情,觉得全身发冷。
　　端庄优雅的女企业家变成荡妇和疯子。
　　老实巴交的可怜鞋匠变成偷窃女性内裤的色魔。
　　胆小如鸡的六指持刀入室。
　　刻板迂腐的车老师有个人偶情人。
　　让一个人毫无反抗能力地去做与他本性最相违背的事情,他终于明白自己这些天感觉的怪异之处在哪里。
　　原来共同点是这个。
　　五色河的那场鬼火,从三十八年前烧起,从未停熄。

— 第 三 幕 —

12. 花园里的遥河

青川一个人坐在自己的车里,他觉得很累很累,给白一舟讲完了那个长长的故事后,他感到了前所未有的疲惫。

而这种疲惫感,竟然令他有了沉沉的睡意。

他已经记不清自己有多久没有真正睡着了。

米露遵循他三叔的指示,为他保驾护航做着很多的事情,但她其实并不赞同他这次回来。

在她眼里,他只是一个严重的病人。

他知道米露是为他好,不希望他冒险。

但是他更希望有一个人能够对他说:这件事,我会和你一起追查到底。

今天,他从白一舟嘴里听到了这句话。

他不得不承认,对白一舟,他一直是有所期待的,而听到这一句后,他心里装着的千斤大石,突然间坠了地。

很疲惫,很安心。

所以,他竟然睡着了。

他做了一个长长的梦。

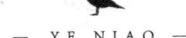
— YE NIAO —

梦里,有一个五岁的男孩儿。

他在一间四周都封闭着的屋子里,墙漆是血红血红的。

他躺在一张小床上,一个矮小的男人穿着医生的白大褂,慢慢地走过来,男人的腿脚有些不便,但这丝毫不能让他停下。

矮小男人按住他的胳膊,熟练地给他注射药物。

男孩儿害怕地哭起来,他一个劲地求饶:"爸爸,不打针。"

男人声音嘶哑,带着某种让人害怕的威严:"遥河,你是男子汉,要坚强,坚持下去,爸爸会让你变得无所不能的强大!"

男孩儿却只顾哭泣:"我不要,爸爸。"

矮小男人露出了厌恶的表情,他转身打开了床对面的一块投影屏,命令男孩儿:"抬头,看!"

他拿出表开始计时。

男孩儿恐惧地抬起头来,他不敢回避,只能按照爸爸的命令,盯住屏幕。

他知道接下来会出现什么。

开始了。

可爱的小兔子出现了,一只黑色的大手拧掉了小兔子的头。

可爱的小姑娘出现了,她的背影真美丽,她蹦蹦跳跳,突然回过头来,面孔放大,她的眼里,竟没有眼白。

……

— 第 三 幕 —

小男孩开始颤抖起来,他想移开眼睛,但他做不到。
黄颜色的水果上,钻出了一条条黑虫。
奇怪叔叔的手臂开始流血,血流了满地,鲜红,像墙的颜色。
他记得,上一次看到这里,他已经吐了出来,最后生生昏了过去。
他以为自己这次也会吐,但奇怪的是,并没有想吐的感觉了。
有一种奇怪的热流在他的身体里游走,但他暖洋洋的,开始舒服了起来。

他好像不那么厌恶那些画面了,甚至觉得有点可爱。
他不知道自己小小的嘴角正在微微上扬,盯着画面的眼睛开始变得兴奋。
哦,出现了更多的小兔子,它们在互相撕咬,残忍又天真。
有趣。
感觉自己也有点想玩这个游戏。

矮小男人看着儿子的表情变化,丑怪的脸上渐渐露出了满意的笑容。
总有一天,他会让他的儿子变得刀枪不入,不会再被这世间任何的黑暗与邪恶伤害。
因为,他就是邪恶的化身。
他将是自己在这个世界上最完美的作品。

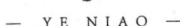
— YE NIAO —

　　白一舟也一个人开着车在闲逛。

　　他觉得自己脑袋发痛，胸腔也像被什么东西堵住了一样，需要吹一吹冷风。

　　不知不觉中，他竟然把车开到了自己小时候住的老城区。

　　早年和父母妹妹居住的平房已经拆成了一片废墟，当年相邻的高档别墅区倒还在，不过也已经很老旧了。

　　记得那时，上天入地无所不淘的他，经常带着妹妹白燕一起，翻过别墅区的围墙，去那边偷花摘果。

　　他把车停好，一时兴起，朝那边走去。

　　现在已经不用爬墙了，拿出工作证，很容易得到了看门老头儿的信任放行。

　　他也知道为什么自己会走进来。

　　这里，有他童年的一段故事。

　　他记得，这里面有一栋最大的白色房子里，曾经住着一个和他差不多年龄的小男孩。

　　起初他和白燕翻墙进来时，总是好奇地摸着各家的墙根东看西看。

　　女孩子总是喜欢花花草草的，白燕很快被那家院子里各种美丽的花吸引了，就拉他去看。

　　院墙有雕花栏杆，扒着缝能看到里面的情形。

— 第 三 幕 —

白燕嘴不闲着,叽叽喳喳地给他指这是什么花,那是什么花,这丫头兴奋起来就傻气直冒,也不怕主人发现赶他们走。

白一舟倒也不阻止她,他琢磨着要是被主人发现追出来,他肯定跑得比白燕快,回头扔下她被揍一顿,回家看她哭鼻子,岂不是爽歪歪。

喜欢欺负妹妹的小屁孩正乐着,突然听到妹妹一声尖叫。

妹妹小手一指,眼睛瞪如铜铃,而后迅速捂住了嘴。

白一舟把她拨拉开,凑头过去,也呆了呆。

花丛尽头,坐了个人。

准确地说,是个小男孩。

他穿着一身白色的睡衣,坐在一张小椅上,一动不动,像个人偶娃娃。

白燕开始没有发现有人,便是因为那小孩儿太奇怪了,他长久地保持着一个姿势纹丝不动,加上椅子是白的,他的衣服也是白的,脸更是白得吓人,所以白燕突然间发现那里有个人,才吓得惊叫了起来。

自从发现了这个奇怪的孩子,白一舟就多了新的乐子。

他和白燕那时候都不愿意上幼儿园,他爹没原则地宠着他们,任他们野,他妈也无可奈何。

打那以后他留了心,就经常能看到天气好的时候,那个孩子出现在自家的花园里,还是石像一般的样子。

— YE NIAO —

白一舟有时候跑到他附近的墙缝边对他吹口哨,有时候朝他扔小石子,有一次明明已经扔中了他的手臂,那孩子却连睫毛都没动一下,还是呆呆地盯着地面。

可能是个傻子吧?

白一舟想。

他虽然调皮,但也不想欺负一个傻子。就在他打算放弃的时候,有一天,他突然看到那个大房子,走出来一个女人。

虽然那时候还是小孩子,但白一舟发誓,他从那以后再也没有见过那么美丽的女性。

她简直像个仙女。

她穿着一条白裙子,走到那个孩子面前,蹲下身来,轻轻抱着他的肩,温柔地说着什么。

奇怪的事发生了,那个石像一样的孩子动了!

不但动了,他还笑了!

他笑着躲进了女人的怀里,伸出双手搂住了她的脖子,仰着头朝她说着什么。

他原来不是傻子!

白一舟目瞪口呆。

继而产生了一种被捉弄的感觉,他气坏了。

— 第 三 幕 —

他性格也虎得很,冲过去"砰砰砰"敲人家的大门。
声音惊动了那个白裙女人,她吃惊地走过来打开了门。
白一舟气呼呼地朝里一指。
"他为什么装傻子?"
女人一愣,顺着他小手所指的方向一扭头,就有些惊讶地笑了。
"他怎么了?"她蹲下身来,温柔地问白一舟。
她的声音也是那么美,像音乐一样,白一舟的嗓门一下子就低了。
"我想和他玩,可他一直装傻子不理我。"他嘟囔道。
女人明白了。
她轻轻摸了摸白一舟的小脑袋,解释道:"他不是装傻子,只是……他……"
她犹豫了一下,回头看了一眼那个孩子,那个孩子也静静地看着他们。
女人眼里的光一下子变得湿润起来。她说:"他得了一种病,很重很重的病……不能和其他孩子玩……"

白一舟恍然大悟。
他突然心里又有点儿难受。
原来是个生了重病的孩子。
不知道他会不会死呢?
原来自己误会了他。

— YE NIAO —

这么想，那个孩子还真可怜。

后来，出于同情，他又多次跑来张望那孩子。

天气好的时候，保姆会把他推出来晒太阳，有时他妈妈也会陪他，但多数时间，他都是一个人在太阳下面呆坐着。

只有妈妈出现的时候，那孩子才会露出笑容，但这样的时间总是很短，他妈妈好像很忙，总是陪他一会儿，就匆匆进屋离开。

白一舟后来甚至找到了条秘密通道，可以通过墙外的大樟树爬到那孩子的房间窗外，这样，天气不好的时候，他也能接近那孩子了。

他们之间，后来还发生了很多有趣的事，慢慢地，他感觉那孩子接受了他，甚至有时会开口和他说些话了。

他们成了很特殊的童年朋友。

但没过多久，他再去找那孩子时，那孩子的家，已经搬空了。

留下收拾的保姆告诉他，那孩子病死了，他妈妈受不了刺激，疯了，跳楼死了。

像一场幻梦，一夕消失，没有留下任何痕迹。

而白一舟在大哭一场后，只记住了那个总是孤独地坐在阳光下却一点也不显得温暖的小小身影和他的名字。

遥河。

他叫遥河。

— 第 三 幕 —

　　这么多年来，白一舟并不会时常想起那个小男孩遥河，毕竟那时的他，也只是一个五岁的孩子。

　　记忆渐渐模糊，变得分不清真假，有时候他会怀疑，自己的童年里真的出现过这样一个特殊的朋友吗？

　　还有他那美丽温柔如同仙女一样的妈妈？

　　他们的故事，在长大后想来，饶是再乐观的人，也难免感觉难受。

　　他无法想象那个美丽单薄的孩子和他仙女一样的妈妈都死了。

　　他一次也没有特意回来过这里。

　　浮水相逢，似乎也没有这么重要和必要。

　　但是今天，不知道为什么，却像有某种指引，他竟然不知不觉来到了这里。

　　他原以为那栋别墅应该早就住了新的主人，谁知道走近一看，花园荒芜，墙皮斑驳，竟是一直闲置的模样。

　　一切如同多年前遥河还坐在花园里时一样。

　　除了变得空旷残旧，在遥河死后，竟似再没有过改变。

　　白一舟伸手推了一下花园的大铁门，铁门上的大锁发出沉闷的声音。

　　他顺着花园的围墙绕了几圈，突然看到当年那棵倚着墙生长的大樟树竟然还在老地方，貌似更加枝叶繁茂了。

— YE NIAO —

　　他突然来了劲,也不管自己的身份年龄,三下五除二,搓搓手就像当年孩童时代一样,熟练地上了树。
　　树冠上有一些枝干伸进了院墙,而那扇小窗,已经被枝叶封住,不了解的人,大概都不会知道,这里有个小窗。
　　就算是当年,这窗里也压根儿透不进多少阳光。
　　房间里,始终是阴暗的。
　　但对遥河来说,也没有什么区别,无论是在阳光下,还是房间里,他始终都是像木偶一样坐着,或者躺着,他的眼睛很亮,但里面的内容,总是空荡荡的。

　　白一舟拨开枝叶,有些断裂的小枝发出脆响。
　　他庆幸几根主枝够粗,居然承受住了他这么一个一米八五的高大成人的体重。
　　拨开封窗的枝叶后,他拉了拉金属制的窗,竟然没锁。
　　当年这窗就是很少上锁的,大概觉得没有必要。
　　久而久之,就成了习惯。
　　白一舟从窗子里钻了进去,有一点费力,但还算宝刀未老,他自嘲。

　　房间里空空荡荡,家具都搬空了,看不出当年的痕迹。
　　到处都落着厚灰,显然已经很久没有人打扫。
　　白一舟也不知道自己像个贼一样蹿进来做什么,他四处看了看,

— 第 三 幕 —

闭着眼睛回忆了一下,但记忆终究还是模糊,于是索性下了楼。

出于职业习惯,既然进来了,他就干脆每个角落都转转。

这一转转出了问题,竟然让他在一楼的书房里,发现了一处暗门,通往地下室。

这别墅是个小独栋,虽然说是不允许未经政府部门报批擅自改建,但实际上大家心知肚明,买了独栋别墅的,就没有不偷面积不改建的。

这地下室显然是房主自己挖建的。

还设计了一个暗门,如果不是白一舟是做这行的,大概还不能一下子发现端倪。

费这么大劲,总不至于是为了存大白菜过冬吧?

白一舟来了兴趣,把手机点亮,顺着楼梯下去看看。

地下室也搬空了。

白一舟顺着墙摸了摸,"啪"的一声,竟然灯全亮了。

这么多年了竟然还有电。

他有些惊讶。

然而下一秒,他就生出一种强烈的奇怪的生理性不适。

这地下室,四周的墙,竟然涂着血红色的墙漆。

地下室本来就阴暗不通风,容易让心情压抑,一般人装修都会尽可能弄一些明亮的色彩,提升一下视觉的舒适度。

— YE NIAO —

还从来没有见过有人把地下室四面墙都漆成血红的。
简直让人想起屠宰场和集中营。

白一舟忍住喉头的不适，看了看空荡荡的空间，发现这里曾经可能是一间影音室，有一些影音设备存在过的痕迹。
而地下室里唯一没有搬走的家具，竟然是一张靠着墙的小床，是一张简易的铁架单人床，上面已没有了铺盖。
床的位置也有些奇怪，仿佛是有人曾经睡在那张床上，看着对面的电视。
问题是，有钱人家的影音室里，不是应该配备舒适的真皮沙发躺着看电视吗？这么一张极其简易的小铁床出现在这里，是多么格格不入啊。

他总觉得哪里有些不对劲，便四处敲敲摸摸。
突然，他的手指触到了一些不寻常的痕迹，令他一下子打起了精神。
是在那张简易铁床的床头墙皮上，沿着被铁架遮挡的位置，有一些细小的凹陷。
如果要说那是什么，他会觉得，那是一些字。
用什么尖锐的小物，甚至可能就是人的指甲刻出来的字。
他一点一点摸着，索性闭上了眼睛，在脑海里去描那些线条。

— 第 三 幕 —

救命。
我是遥河。
我不要变成怪物。
救救我。

13. 青川的梦

青川继续在他的梦里。
这个梦太长,长到好像永远也醒不过来。

在梦里,早晨,太阳升了起来。
早上过来打扫的钟点工把他从顶楼的小房间里抱了出来,放在花园里铺好了毯子的小椅子上晒太阳。
就好像晒一床棉被一样熟练。
这是爸爸交给她们的工作,对她们来说,那个不言不语不哭不笑的孩子,大概和一床没有生机的棉被,也确实没有区别。
开始的时候,她们还会有些好奇,但是在雇主严格的事先要求和高额的佣金下,她们也都会保持着高度的职业性,只是在心里偷偷嘀

— YE NIAO —

咕几句。

但是时间一久,她们便确认这个孩子真的是个傻子,没有感情没有变化,好奇心也便随之失去。

而在遥河的眼里,每一分每一秒,他都需要努力控制着自己,不与这个世界产生任何的联系。

这是爸爸规定的。

如果他哭或者笑,或者他控制不好他自己的情绪,他的妈妈,就会遭受惩罚。

妈妈带来的情绪波动,也是不被允许的。

所以虽然同在一个屋子里,但是妈妈,只能偶尔才能接近他,给他一点点温情。

对他来说,就好像维持生命的一点点清泉。

他当然也反抗过,哭闹过,但是每一次,都会换来更可怕的训练和更长的训练时间。

还有妈妈,妈妈会被绑起来,扔在他的面前,一天一夜不许吃喝。

他看着妈妈,妈妈看着地面,无论他怎么呼唤哭泣,妈妈都不会抬头看一眼他。

那时候,妈妈一定是恨他的吧?

恨他不听话,不按爸爸的指示做,害她受苦。

所以,为了妈妈,他变成了一个乖孩子,像爸爸要求的那样,一

— 第 三 幕 —

步一步,完成爸爸要求的所有训练。

没有悲喜,不受任何情绪的影响,像台精准的机器。

爸爸说他必将变成自己在这个世上最完美的一件作品。

他不懂。

可是,爸爸去上班的时间里,总有些意外在干扰他。

比如墙外出现的一对小兄妹。

他们不知道是什么时候出现在花园外的,像是发现了新的游乐场,那一阵子,天天都是艳阳天,他天天都被抱到花园里晒太阳,而每一天,他几乎都能听到那两个讨厌的声音。

女孩子叽叽喳喳,说着她喜欢的裙子和花朵。

男孩子总是在捉弄她,乐此不疲。

他们的对话通常是这样子的。

女孩儿说:"哇,这座花园好美呀,如果我能住在这么美的花园里,我一定会变成美丽的小天使!"

男孩儿说:"白燕你还真是个白痴,还天使,我看你只会变成乌黑的鸟屎!哈哈哈哈!"

女孩儿大叫:"哥哥你又欺负我!我要告诉爸爸!"

男孩子大概是揪了一下女孩儿的小辫,女孩儿尖叫一声,两个人打闹的声音渐行渐远。

— YE NIAO —

终于有一天,女孩子看到了坐在花园里的他,惊讶地叫了起来。

自那天以后,他新的噩梦就开始了。

那个叫白一舟的男孩儿,就好像一个好奇心爆棚的小妖怪,成天挖空心思想要逗他开口。

白一舟根本不知道,他是不能回应的。

这是他的训练。

如果他回应了,他会和妈妈一起受到惩罚。

所以那个坏蛋小孩儿用石头丢他,用言语激他,找来长长的棍子挠他,他都只能继续一动不动。

他不敢告诉爸爸,他知道这是爸爸最讨厌的样子。

像一株野生的植物,胡乱生长,和没有智慧的动物没有两样。

但是为什么,他的心里会因为白一舟的戏弄而变得焦躁不安,会因为白家兄妹的一串串笑声而变得悲伤愤怒?

他不敢承认,他不想成为爸爸说的完美作品。

他分明只想做一个白一舟那样的野小孩。

当爸爸再一次把他抱进那间血红的房间时,他看到那张熟悉的小铁床边,放着一样新的东西。

靠近了细看,竟然是一笼毛茸茸的小白兔。

他的心骤然一喜,然后又猛地一沉。

— 第 三 幕 —

他知道自己错了,又错了,他一定是在脸上露出了恐惧的表情,因为爸爸好像又生气了。

可是,他太害怕了。

他预感到自己接下来要面对什么。

他的嘴巴不受控制地发出微弱的求饶:"爸爸,不要……"

没有用,从来都没有用。

从他对这个世界有第一片记忆起,他的世界,就只有恐惧,忍受,忍受,增加恐惧。

爸爸说,终有一天,他会变成一个无所畏惧的人。

可是他不知道那一天在哪里。

他看着那笼毛茸茸的、睁着天真的小红眼睛看着他的小兔子,突然"哇"的一声吐了满地。

他知道糟了。

果然,那一天,爸爸对他使用了更强力的药剂,剧烈的抽筋剥骨般的疼痛是他应受的惩罚,他逃不了。

然后是电视里的训练画面。

慢慢地,他不再害怕和哭泣了,他觉得高兴,觉得快乐,觉得激动。

他想要像电视里那些画面一样,制造破碎、鲜血和新的秩序。

爸爸打开了兔笼,小兔子跑出来了。

— YE NIAO —

它们睁着红红的眼睛,一蹦一跳。
越来越多的红眼,布满了墙壁,像是恶魔的眸子。
它们想要他害怕,想要他屈服。
不,他不愿意。
他不想再生活在害怕里了,他不想再恐惧了。
将它们战胜就好了。
战胜它们,撕碎它们,没有什么,能够阻挡他。

五岁的遥河伸出了稚嫩的小手,他从床上下来了,身手突然变得敏捷,一点也不像那个病孩子。
他伸出手去,有一只小兔子以为有吃的,立刻跑了过来,蹭他的小手。
遥河轻易抓住了它的耳朵。
他抓住了一只小恶魔。
他变得力大无穷,恶魔在他的小手中挣扎。

他不断重复着这个过程,大声狂笑着,在血红的房间里追着那些兔子,它们逃不掉的,他会抓住它们,然后把它们撕碎。
他看不到爸爸露出了欣喜若狂的笑容。
终于突破了,孩子突破了他内心恐惧的极限,他现在做的一切,正是那些画面给他的洗脑式输送。

— 第 三 幕 —

他想证明人脑是可以被刻画的。
一切都掌握在强者手中。

而遥河也看不到,通往地下室的暗门突然被推开了一条缝,妈妈美丽苍白的面孔,出现在了那一线微光里。
她难以置信地看着自己的孩子的举动,然后双膝一软,跪倒在地。
她拼命地捂住自己的嘴,但是呜咽声仍然从指缝里漏出来。
大颗的眼泪像是掺杂了鲜血,在她的面庞上交错。
她最害怕的一幕终于出现了。
她的怪物老公,把她唯一的孩子,变成了小怪物。

小遥河躺在自己的房间里,他已经恢复了平静,像往日一样,无声无息。
疯狂过后,他清楚地记得发生过的一切。
他终于做了那些可怕的事,他终于变成了怪物。
他一直记得,妈妈每次偷偷拥抱他,都会在他耳边轻语:"遥河,你要坚强,你不能变成怪物,你不能去做那些可怕的事,知道吗?"
我知道,妈妈。
他想。
可是,我做不到呀。
我太痛了,太累了,如果我听爸爸的话,就会变得很舒服,很开心,

— YE NIAO —

可是，为什么我会这么害怕呢？

我害怕爸爸生气，我也害怕你哭，妈妈，我该怎么办？

遥河该怎么办？

窗外传来了奇怪的声音，满身泥土的小男孩把唯一的小窗扒大了一点，兴奋地钻了进来。

"哇！真的进来了！"他兴奋地左右看，还记得压低声音，"你家大人不在吧？这是你的房间？哈哈哈——我找到了秘密通道，可以从外面那棵大樟树爬进来，那树可高了！有几个我……哦，不是，有十几个我那么高！"

小男孩儿一屁股坐在他的床边，小脏手比画着。

"反正超级高！只有我能爬到顶！你肯定是不敢的！那你生病了也不能怪你！白燕也肯定不敢！女孩子都是胆小鬼！"

他跳起来，开始在这间小房间里转悠。

"你房间里怎么一样玩具也没有？你爸妈都不给你买玩具的吗？"他自言自语，也没打算听到回答。

"改天我给你带个草编的青蛙，青蛙你知道吧？呱呱呱？"他鼓起腮帮子学青蛙叫，"不过你不能告诉你家大人我发现的这条秘密通道，不然他们得叫人撵我，你看你成天躺着多没意思，我给你找点儿好玩的来。"

— 第 三 幕 —

"对了,上次我和你说,我叫白一舟,你记住没有?白天的白!天下第一的一!好大一条船的那个舟!"

白天开来一条天下第一的大船?

"我写给你看啊!我会写自己的名字!"他顺利地找到了纸笔,在上面一笔一画写了三个拳头大的字,拿到人家面前炫耀,"你不会写自己名字吧?"

床上的小孩儿定定地看着那三个歪歪扭扭奇丑无比的字,内心里又有东西在涌动。

但是,这一次,没有惧怕。

是一种自然的舒适的涌动。

他突然一伸手,抢走了那个扬扬得意的家伙手里的纸笔,直接坐了起来。

倒把那家伙吓了一跳。

遥河才不管白一舟的表情,他拿笔在那三个奇丑无比的大字旁边,端端正正写下了三个工整的小字:

孟遥河。

妈妈说,遥河是她家乡的一条小河的名字,很美很宁静。

夏天可以在小河里看小鸭戏水,冬天小河上有薄冰漂动。

但他没有去过妈妈的家乡,所以没有见过。

白一舟却犯了难,他没想到这个病孩子居然会写字。
可他除了认得"白一舟"三个字,其他的字都不认得啊。
算了。
他把那张纸抢过来,不服气地叠了几叠,塞进口袋里。
回去问妈妈好了,可不能说自己不认识他的名字,不能被这病小子看扁。

白一舟站在那间血红的地下室里,他摸着那几行细小的字,往事像被抹掉了浮灰的玻璃,以为早已忘却的记忆,竟然一点一点回来。
遥河,当年他曾经睡在这间地下室吗?
为什么睡在这里?
为什么害怕变成怪物?
他到底生了什么病?
当年不懂的种种,多年后突然觉得迷雾重重,那么多不正常的事,仿佛在暗示着什么。
遥河。
孟遥河。

白一舟脑海里突然像是劈过一道闪电。
孟方。

— 第 三 幕 —

孟遥河。

遥河姓孟。

难道这一切,是遥河在冥冥之中的指引,让他在这样一个时刻,回到了这个地方?

会有这么巧的事吗?

14. 她们是谁

检验科的报告出来了,白一舟紧急提审车光。

车光继续沉默不语。

看着他那张木讷古板的知识分子面孔,白一舟感到前所未有的恶心和愤怒。

他也是"虫"吗?

是因为药物和意识催眠,才做出那样的事吗?

是什么样的控制,才能够让一个人丧失所有的自我意识,变成一只可怕的傀儡虫啊。

"知道我要问你什么吗?"

车光缓缓摇了一下头。

— YE NIAO —

他抬起眼皮,看了一眼白一舟,似乎认出了白一舟是那天破门而入的警察。

"我都认。"他声音嗡嗡地低沉地说。

"那好。"白一舟冷笑一声,突然一拍桌子,发出的巨响把车光吓得一缩,"那你就说说看,那个人偶身上穿的那条内裤上,为什么会验出多名女性的DNA?"

经过数据库比对,那数十组DNA样本里,有两组来自之前警方立案的失踪人口报告。

均是未成年少女。

这意味着,更多的犯罪可能。

在车光这件案子上,他一直觉得有着说不出的诡异,很多同事都私下劝他结案。

他却总觉得有些什么阴暗的气息在车光那单独居住的小屋里浮动。

尤其当青川说鞋匠老刘和六指都是"虫"后,他更加觉得,对人偶有着异样感情的车光,也不是那么简单。

终于他在人偶的衣物上有了重大突破性发现。

听到白一舟的怒吼,车光全身剧烈颤抖起来。

他已经被审问过多次,警察一直都是围着他和六指的纠纷在问,并没有人过于关注那个人偶,甚至有些避之不及。

他知道,那让他们联想到一些难堪的画面,他在心里冷笑,这正

— 第 三 幕 —

好保护了"她"。

他万万没想到,事情突然急转直下,面前这个看起来坐没坐相的年轻警官,竟然一来就单刀直入,切中了他最害怕的点。

怎么办?

他该怎么办?

如果他们继续顺着这条线索挖下去,那他一心想要保护的东西,也会被他们接近。

他的手在桌下暗暗握成拳,指甲陷在肉里,让自己保持冷静,但面上显出崩溃的神色来。

"我都认!都认!是我做的,都是我做的!我强奸了她们,我是个变态!枪毙我吧!"他吼起来,额上青筋暴起。

"她们是谁?"白一舟看着他的表演,心里更加坚定了自己的判断,他并没有悔改之意,看似老实木讷的外表下,是一颗腐烂了的心。

"我不知道。"车光闭上眼睛,"都是一些淫荡的小婊子,有的让我给她们补课,有的要我给她们买衣服,她们主动勾搭我,我就上了她们。我喜欢让她们穿着那身衣服和我做,我特意留下她们的体液做纪念,我就是这样的变态。我也不知道完事后她们去哪儿了,就这样。"

白一舟默默盯了他几秒,站了起来。

白一舟知道这个人是准备去死了,他想用他的命,来挡住某些更黑暗的人和事不被暴露。

但是,他想挡,就能挡吗?

做梦。

白一舟嘴角一扯,露出一个冷笑。

眼前的警官一脸邪痞的笑容令车光心里一滞。

对方却已经满不在乎地转身走了出去,结束了这场谈话。

走出警局,车光的前妻韦桃站在路边等候,看见白一舟走出来,便迎上前。

她是个善良的人,一直不相信车光犯了罪,自从出事以来,她就很关心车光的情况,时不时来打听进展。

虽然白一舟已经对她进行了各种暗示,但她仍然固执地觉得车光是被人陷害。

在她看来,虽然离了婚,但车光仍然是她心里那个买包烟都会选最便宜牌子的老实人。

白一舟和韦桃并肩缓慢而行。

他问韦桃:"既然你对他还有感情,你们又有一个共同的孩子,当初为什么要离婚?"

韦桃说:"白警官,事到如今,也没有什么好瞒你,我是大龄晚婚,

— 第 三 幕 —

经人介绍和车老师认识,不到三个月就扯了证。我们都是奔着组建一个家庭去的,要说有多少激情,那也确实没有。可是他这个人很老实、踏实,我对他是满意的。谁知新婚之夜,我竟然发现他那方面有问题,无法正常与我同房,他跪下向我认错,说自己对不起我,如果我想要孩子,可以去做试管婴儿。我同意了,后来吃了很多苦,做了试管有了皎皎。"

她的面上,浮现出了一些欢欣的表情,仿佛是陷入了回忆:"皎皎刚出生的那段时间,我们是最幸福的,车老师很爱皎皎,恨不得每天把她捧在手心里疼。我以为日子就这样过下去了。没想到,皎皎四岁的时候,他竟然说要和我离婚,他说他从来没有爱过我,他不想再耽误我,让我离开。"

她的笑容渐渐落寞下去。

白一舟发现,这是一个得体的女人,尽管悲伤,但她依然会控制好自己的情绪。

"他说他没有一天爱过我,这太伤人,所以我同意了。"韦桃轻轻吐出一口气,"白警官,不怕你笑话,虽然离了婚,但我还是觉得车老师是个好人,对皎皎也很好。虽然对我薄情了些,但他那样的人,也一定有他的苦处吧。"

白一舟停住脚步。

他认真严肃地对韦桃说:"对于一个罪犯而言,所谓的苦处,只

是他软弱的借口。魔鬼很早就住进了人的心里,所以,不要再心存幻想,为了女儿,远远离开吧。"

不知道是不是感觉冷,韦桃的身体微微颤抖起来。

她回望着白一舟的眼睛,试图确认他说的话。

她终于意识到白一舟是认真的。

这个警察在告诉她,不要再对那个男人心存幻想,他真的做了可怕的事,是她错看了他。

她慢慢垂下头去,嘴里有些苦涩,但还是接受了这个现实。

临分别,白一舟突然问:"你知道车光有什么特别在意的女性吗?初恋一类的?"

他一问,就看到韦桃的脸色变了。

白一舟知道自己问对了。

像车光这样的人,这样誓死守护,不惜卖身给魔鬼,恐怕只能是为了他生命里对他影响最大的某个人。

而他木讷少言,形象普通,不是受女性欢迎的类型。他却又自视才学不俗,自尊心强,清高迂腐,所以很大可能心里存有一个女神一样的初心之人。

果然,韦桃犹豫再三,终于说:"那个人,我只知道她叫梅。我无数次听到他在梦里叫她。"

白一舟点点头。

— 第 三 幕 —

他说:"祝你和皎皎快乐。"

送走了韦桃,白一舟的电话响了,他一看,是个陌生号码。

一接起来,似曾相识的声音就传了过来:"白警官,我是米露。"

米露?

那个漂亮的女医生?

白一舟的眼前立刻浮现出她干净利落一脚踢上门的英姿。

"我是白一舟。"

"白警官,青川要我告诉你,翁良渚的妈妈出了点儿意外。"

翁氏集团一直是翁良渚的母亲掌控,很多老客户也只认她,今天正好有个日本的大客户过来拜访,无论如何想要和她见一面。

翁良渚看妈妈最近表现得很正常,能吃能睡,似乎已经完全脱离了之前发疯的状态,担心得罪客户,便抱着侥幸心理与袁园一起接待了日本客户。

谁知道在用餐中途,袁园去卫生间的一会儿工夫,人就失踪了。

看监控显示,她是自己偷偷离开的。

一出酒店大门,就失去了踪影。

白一舟还记得青川对他说过,袁园是最早的一批"虫"。

如今,她已经被弃用。之前她之所以发疯,就是孟方对她下达了自毁的命令。

但青川和米露及时救下了她,为她解除了身体里的毒性控制。这也是青川这次要和白一舟合作的关键——他有方法能够救人。至于是什么方法,他不说。

先前袁园的毒性已经解除,应该不会再接受控制命令行事,那她这次突然自行离开,又是什么原因?

米露说:"青川觉得,不知道是什么原因,袁园重新被控制了。"

白一舟心里腾起一股无名火,语气也变得强硬起来:"青川呢?"

米露说:"他去调查原因了。"

白一舟冷笑一声:"如果每一次都擅自行动,那叫什么合作。"

他挂了电话,浑然不知自己心里对那个少年的担忧,又多了几分。

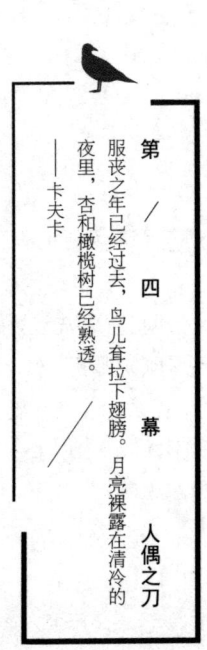

第 四 幕　人偶之刀

服丧之年已经过去,鸟儿耷拉下翅膀。月亮裸露在清冷的夜里,杏和橄榄树已经熟透。

——卡夫卡

— 第 四 幕 —

15. 毒花

性能优越的黑色小车无声无息地滑进地下车库,消失在视线范围内。

但青川并不着急,他调出了事先设置好的监控。

监控的画面上出现了刚才那辆小车,已经在私家车位停好,然后司机下了车,拉开后车门,一个全身包裹着大披风的人钻了出来。

从纤细的脚踝和高跟鞋可以看出是一个女人。

头脸部分却掩盖得严严实实。

司机领着她走向电梯口。

两人很快进入电梯。

全程并无交谈。

仿佛都很熟悉。

青川按下电动按钮,车窗缓缓上升,将外面的声音隔绝。

没有猜错,是翁太太袁园。

她逃离了儿子身边的安全区,再一次听从她主人的召唤,被带到

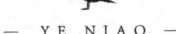
— YE NIAO —

了这个她或许来过多次的地方。

28楼，是孟方的一处私宅。

她的主人，就是孟方。

也就是青川的亲生父亲，当年拿自己的儿子进行惨无人道的人体试验，最后将自己的妻子逼到绝境的魔鬼。

翁太太，是孟方养的"虫"，他这样称呼那些被他选中的普通人。

"虫们"散布在人群里，有着不同的身份、不同的生活，但他们都已经被孟方彻底洗脑，无论孟方下达任何指示，他们都会尽一切力量去完成。

那些匪夷所思无奇不有的指令，看似毫无联系和目的，其实都是孟方在收集试验数据。

为了达到完美的效果，"虫们"既被特殊的毒剂腐蚀大脑和心智，又被孟方用心理学的高超技巧洗脑催眠。

虽然青川的三叔已经掌握了解除关键的红眼蓝花毒的方法，但像翁太太这样中毒已深的试验者，只要被孟方找到机会，轻易就能再次控制。

就像现在这样。

只是，在翁家大宅里，孟方是买通了谁再次接近了翁太太给她下了毒发布了指令？

— 第 四 幕 —

好在,这一切都符合青川的预期。

他并没有告诉白一舟,这一切,都在他的预计之内。

他正是需要引起孟方的猜疑,孟方疑心之重已然病态,电台的故事,"虫们"的意外脱控,一切蛛丝马迹,都是他向那个魔鬼的宣战信号。

只有如此,魔鬼才会方寸大乱,四处查验,从而暴露出更多细节。

一个经营几十年的完美黑暗试验,始作俑者只能是个心理变态的人,而唯一的破绽,一定是他的自负自大。

青川的车,无声汇入城市车流。

在车光的档案里,白一舟找到了车光曾经就读的沽口小镇中学的信息,同学录里,同班叫"梅"的女性,有三人。

看过毕业照后,白一舟将目标锁定在叫刘梅梅的女同学身上,她现在是小镇上的中学教师。

见到刘梅梅本人,依然如同少女时代一样清秀文弱,如一朵淡淡清荷,这样的女性很容易成为少年的梦中情人。

然而,意外的是,青川和刘梅梅交谈后,竟然得知,当年与车光私交特别好的那个梅,不是她,而是程与梅。

这确实出乎了白一舟的预料。

因为当时看照片的时候,三个名字里有"梅"字的女生,程与梅是最其貌不扬的一个。

甚至可以说有些丑。

— YE NIAO —

黑、胖、矮，一脸青春痘，戴着厚厚的黑框眼镜，头发贴在额前，遮挡着自己的自卑。

连拍集体照，她也刻意地躲在人后，尽可能少露出一些面孔。

因此，白一舟没有想到车光念念不忘的初心竟然是她。

但是，根据那两个失踪女生的照片来看，分明都是刘梅梅一般清秀美丽的少女，说明车光对女性的审美还是大众化的。

那么，车光与程与梅又是怎么回事？

这时，刘梅梅又提供了一些信息，据她回忆，当时车光和程与梅是在补习班熟识的，在那以前，虽然同班，他俩也并无交集。

那个补习班是当时的一个中学老师课后开办的，就在老师自己家里，收几个学生赚点外快的那种。

程与梅、刘梅梅她们中学毕业后，各奔东西，而不久后，小镇上发生了一起煤气罐爆炸事件，开补习班的章老师被当场炸死。这事闹得很大，上面严查，在那之后私下补习收钱的事就少了。

而刘梅梅读完大学后，又选择回到小镇教书，所以对于镇上的事比外出的同学了解多些。

车光和程与梅的身世也颇令人唏嘘。

车光是中学时期来到沽口镇叔叔家寄读的，据说他原本的家在极其偏僻的大山里，因为住在沽口镇的叔叔多年来膝下无子，于是把他

— 第 四 幕 —

带出了山,当义子培养。

改不了的一身土气和寄人篱下的敏感自卑让车光与同学们格格不入,因此他也没有朋友。

程与梅家境贫寒,父母都是残疾人,但对她极好,含辛茹苦做手工活供她上学读书,什么都尽可能满足她。

可惜程与梅考上大学后不久,终于要熬出头的残疾父母,居然因为冬天烤火,双双一氧化碳中毒而亡,这一下,程与梅就成了孤儿。

也许是打击过大,料理完父母后事后,她就再也没有回过小镇,同学们也再没有她的消息了。

丑胖自卑的女孩儿、山里来的男孩儿、补习班的相遇、意外身亡的老师和父母……

这一切的一切,似乎有着看不见的丝线相连。

但白一舟还只是猜测,他需要证据来证明他的猜测。

桃远市的机场大厅。

林蝶戴着黑框眼镜,梳着少女感十足的丸子头,穿着一身明黄色的裙装,像一个中学生一样活力十足地混在一群接机的明星粉丝里。

她和她们一样欢呼、尖叫,兴奋的脸上布满了骄傲。

今天是某个新晋小偶像来桃远市为某品牌站台的日子,他的粉丝团早早就准备了各种应援物品,来机场为"爱豆"造势。

― YE NIAO ―

林蝶加入了她们，一起声嘶力竭。

她打扮得太好了，加上高超的化妆术，完全是一个狂热的追星少女的样子。这时如果有认识的人经过她身边，估计也不太容易认出这个火鸡般的姑娘，是那个优雅清丽的婚纱设计师。

小偶像终于出来了，接机团立刻不顾机场保安的劝阻，疯狂向前拥去。

在推搡中，一个身材娇小面容如洋娃娃般可爱的女孩儿被人推倒在地，抱了几个小时的一捧黄玫瑰也摔在地上，被几只脚粗暴地踩成了碎片。

小偶像转眼已经如风一般走过，只留下一地追不上的遗憾叹息和近距离接触成功的兴奋尖叫。

摔倒在地上连偶像面也没见着的洋娃娃女孩儿扁着嘴哭了。

林蝶第一时间冲了过去，用自己的身体挡住洋娃娃女孩儿，避免她被误踩。

洋娃娃女孩儿很感动。

"谢谢你。"洋娃娃女孩儿扶着林蝶的手站起来，她不哭了，"我叫甜甜，你叫什么？"

"我叫小蝶。"林蝶说，"你没受伤吧？哎呀，花都碎了，那些人太可恶了，太粗暴了。"

— 第 四 幕 —

"算了,没事。"甜甜反而安慰起林蝶来,"下一次小哥哥开演唱会,我要我爸给我买前排票,还能上台握手呢!哼,不和这些野蛮人抢!"

"对了,我小姨是今天做活动的商场里的经理,下午活动开始前,小姨可以带我进小哥哥的休息室要签名,你要不要一起?"林蝶问。

"真的吗?"甜甜兴奋地跳了起来,一下子忘记了身体摔痛的沮丧,"太棒了!带我一起,带我一起!小蝶你真好!对了,你'饭龄'几年了?还有其他'墙头'吗?"

两个女孩儿手挽着手,像熟识了多年的好朋友一样,说着她们才懂的追星女孩儿的专用词,朝着机场外停着的出租车走去。

甜甜睁开眼睛,她感觉眼皮前所未有的沉重,像是熬了三天三夜为哥哥们刷数据后的那种疲惫一样。

一时间她还以为自己是在家里。

但是一线微光刺痛她的眼珠后,她便知道不是了。

她为什么会在一间陌生的房间里?

这个房间里为什么弥漫着难闻的奇怪味道?

光线好暗,她努力睁大眼睛,终于回想起睡着前一刻,她是在出租车上,和刚认识的小蝶一起,赶去商场找偶像小哥哥要签名。

后来,小蝶从包里拿了一瓶矿泉水给她喝。

她就睡着了。

甜甜试图动一下身体,却发现身体竟然不受自己控制,比眼皮还

— YE NIAO —

要沉重千倍。

门突然开了,自称小蝶的女孩儿走了进来,她换了一身衣服,突然变得和在机场相遇时不一样了。

哪里不一样,甜甜也说不出来。

眼前的小蝶,好像已经不是那个似乎和她同龄的天真少女了,她看起来,像是一个成熟而自信的成年人,充满了某种危险的诱惑。

"你多大了?"林蝶语气有些烦躁地问甜甜。

她看到甜甜已经醒了,而她也不需要再伪装。

她下的药很重,意识清醒后,身体也还有几个小时完全麻痹无法动弹。

所以她不担心猎物逃跑。

"十三岁……"甜甜迫于无形的压力,弱弱地回答。

"不错。"林蝶满意地点头,她抖开手里的一团东西,向着甜甜走来。

借着房间里昏黄的光线,甜甜看到,那是一套校服,是夏天的款式,上面短袖,下面短裙。

林蝶走到甜甜身边,蹲下来粗鲁地把她的衣服扯开,胡乱扒下。

甜甜惊叫起来,她被拉扯着,身体重重撞击在地板上,很疼很疼,但更多的是恐惧。

— 第 四 幕 —

她不知道林蝶在做什么。

林蝶在甜甜的哀求哭泣声中，粗暴扒光了她的衣裤，包括贴身内衣裤，然后开始给她穿上自己带的那堆校服。

很快，娇小的甜甜就被套上校服，成了一副标准的女学生模样。

除了满脸泪水和惊恐的表情。

林蝶把甜甜抱起来，她看起来身材纤细，力气却是出奇的大，轻易就把甜甜抱起来放到了房间中央的地板上。

林蝶把甜甜放倒在地上，然后像摆布一个洋娃娃一样，把她摆出各种姿势，每摆弄一次，就后退几步左右欣赏。

就在甜甜以为林蝶是要给自己拍变态照片的时候，林蝶的表情却越来越焦躁。

她不再摆弄甜甜，而是开始在狭小的房间里转圈走动，嘴里念叨着："不对，感觉不对！这件衣服不合身！"

甜甜身体仍然没有恢复知觉，只有眼泪能够尽情地流。

林蝶给她套上了校服裙，裙下却没有给她穿上内裤，下身感觉凉飕飕的，她觉得羞耻又无助。

她不知道林蝶为什么在疯狂地念叨着衣服不合身，虽然无力低头看自己，但她仍能感觉到，这件校服于她是合身的。

仿佛是为她量身定做。

— YE NIAO —

甜甜哪里知道，林蝶的这种变态游戏，缘于她自己青春期的一段悲惨遭遇，她将自己的不幸投射到不同的少女身上，以看她们被凌虐为乐。

同时，她在诱捕每一个目标少女后，都会给她们穿上她当年穿过的校服，让她们穿着自己的衣服接受命运的折磨。

而她则会在观看的过程里得到巨大的满足。

可是，那件吸收了多个少女鲜美的鲜血与体液的校服裙被警察拿走了，保存在证物室里。

她只能按同样的款式再制作一件。

而且一直帮助她玩这个游戏的人，也被抓了。

但她的欲望更加汹涌，忍无可忍，于是再次出手混在机场的追星少女中带走了甜甜。

只是，更大的难题摆在她的面前。

新制的校服穿在甜甜身上，是那么刺眼，那么令她焦躁生气，一点也没有平时看到那些少女穿上当年她那件校服裙时的欣喜激动感。

而且，更糟的是，她不是男人，她无法撕碎眼前这个美丽小白兔的自尊和快乐，而她需要的那个像影子一样忠诚的男人，此刻却在警察的手里，无法再为她的快乐提供卖力的演出。

看着甜甜那张梨花带雨的娇嫩面庞，林蝶的眼前，却出现了另一张黑胖少女的脸，她也流着眼泪，惶惑无依，然而因为丑，看起来更

— 第 四 幕 —

加令人憎恶,而不是怜爱。

这个世界对她是多么残酷。

在她最天真最柔弱对世界充满了期待的年纪里,就生生地把她揉碎。

从此以后,她的世界里就没有了幸福,没有了希望,只有无穷的欲望和饮鸩止渴的怨毒。

为什么这些女孩儿,就可以凭借着美丽可爱的外表,过着天真张扬的生活?

像一张白纸一样,没有一丝墨渍,然后长成一个纯洁的女人,拥有一段童话爱情。

如果上天没有给过她公平的起点,那么,就一起下地狱吧!

撕碎她们!

摧毁她们!

让她们如同当年的她一样,被恶魔辗碎了灵魂与善良,哭泣着求上天放过,却得不到半分回应。

她喜欢看到她们痛苦!

每当她们像她当年一样痛苦绝望,自己的痛苦就会神奇般减轻,甚至消失。

那感觉是多么好啊。

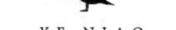

林蝶一步一步地走向甜甜，甜甜越是楚楚可怜，越能激起她的愤怒和杀意。

她的胸腔里，有一股异样的热血在涌动，她已经无法控制，也不想再控制。

没有那个男人的帮助，她就自己来！

她目光一转，看到墙角放着一把坏掉了的扫把，不知道是什么时候留下的，上面已经落了一层厚灰。

她美丽的眼瞳里染上了一层薄红，看起来就像一个妖魔。

她顺手操起那扫把，回身疯狂地抽打着甜甜，在甜甜身体上留下一处处伤痕，她欣赏着甜甜凄惨的哭叫声……

16. 可怜的人和可恨的人

青川从车上下来，锁了车，朝着米露的工作室走去。

没走几步，突然感觉身后有人袭击，他来不及转身，就被人制住了双手。

白一舟带笑的声音响起："不是吧，你一点应变能力都没有？我以为你应该是个深藏不露的武林高手。"

他放开了青川的手，青川一边缓慢地活动着自己疼痛的关节，一

— 第 四 幕 —

边抬眼瞅来者。

"我身体不好。"他说。

这倒是事实,白一舟想。他刚才出手,也是为了试探青川,可是青川像是塞满了棉花的人偶,没有一点力道,明明长得也算高大,却是个空架子。

他奇怪:"那你到处调查这调查那的,连个墙头都翻不过去吧。"

青川嘴角微微抽搐了一下,他说:"我有钱,还有人。"稍稍顿了一秒,接上,"还有……脑子。"

白大警官感觉嘴里像是被人生生塞了一个大馒头,堵。半晌,他才点点头,伸出大拇指:"你牛。"

青川看着他,微微笑了。

白一舟问青川去调查翁宅的结果。

两人索性沿着米露工作室外的人工湖散散步,一边走一边交流。

青川说,他发现翁宅里除了那些精心挑选过的帮佣外,还有一个人,有机会接近休养的翁太太。

翁良渚的未婚妻,名叫林蝶。

林蝶是一个年轻的婚纱设计师,自己开了一家婚纱定制工作室,获得过国际奖项,小有名气,不少本市富家千金指定要买她设计的婚纱。

这个林蝶,很可能是另一只被操纵的"虫"。

— YE NIAO —

白一舟说:"你说这个是'虫',那个也是'虫',既然作恶者的源头都在孟方,为什么我们不直接抓捕孟方?"

青川奇怪地看白一舟一眼,好像不理解他为什么会这样说:"没有证据。"

白一舟有点焦躁:"那什么时候才能有证据?"

"快了。"

青川想。

我在逼他,发现我的存在,主动来找我。

那个时候,就是他彻底把他的黑暗帝国暴露给我的时候。

林蝶独自坐在柔软的沙发里,她刚刚洗过头发,柔顺的青丝披在肩头,空气里浮动着醉人的暗香。

台灯调到了一个刚刚好的光线,一切都很宁静温柔。

她美丽的面庞在光晕下发着干净的光,雪白细腻的肌肤令人爱不释手,无论从哪个角度看,她都是一个不折不扣的大美人。

此时,她的手里拿着一张边角泛黄的照片,面上没有笑容。

那是一张中学的集体照。

也是她保留的唯一一张还能看见过去的自己的照片。

— 第 四 幕 —

照片上,黑黑胖胖的女孩儿缩在角落里,只露出一点点脸,但是就是那一点点,也丑得令人难过。

她有一个独臂的母亲,还有一个独腿的父亲,他们俩高龄结合,生下了她。

他们把她视若可悲人生最珍贵的宝贝,却没有问过她,愿不愿意成为这样的家庭里的宝贝。

没有给她值得骄傲的家境,只有旁人无尽的白眼、嘲笑和耻辱,甚至基因都是那么劣质,无论她怎么用水清洗,皮肤都是那么黑,面容平凡,因为胖就更丑。

她的世界,从出生开始,就没有过花朵和阳光。

因为出生就在地狱。

她的目光慢慢转向照片的另一角,那里,有一个同样矮小又丑怪的男生,他的目光,越过重重人群,偷偷瞄向她的方向。

他叫车光。

同样是一个受人欺负和冷眼的可怜虫。

也许是因为同病相怜,也许是因为有一次在走廊相遇,他被人故意撞倒书本洒了一地,她蹲下来默默帮他捡拾,总之,有那么一个人,竟然在她丑如母猪的青春岁月里,用那样痴情的目光追随着她。

所以,后来无论她变成什么样子,无论每一次整容手术的空隙里她是什么模样,她都从来不需要避他。

— YE NIAO —

他是在她最丑的时候爱上她的。

他的死心塌地令她无比放心。

虽然,他也只是一个小怪物。

  她的成绩并不好,考上高中都很难,她那对残疾父母,却偏偏希望她通过读书改变人生,明明从小到大想尽办法宠她,却在去补习这件事上,对她动了棍子。

  她恨他们,自己没有用,却指望唯一的女儿有出息,证明自己这一生没有白活。

  但她只能屈服。

  于是,她被要求每天课后去那个章老师开的补习班补习。

  那个章老师四十来岁,是个数学老师,脾气凶得远近闻名,没有学生不害怕他,也因为如此,所以生意不好,那一学期,只收到两个学生。

  一个是她,另一个,就是车光。

  她就是在那时候,发现车光有个很好使的脑子。

  章老师在小黑板上讲的题,车光总是一听就懂。听说他叔叔是想要他考市里的重点高中,所以送他来补习的,那难度肯定和她不一样。

  章老师为了省事,把他俩混在一起讲,于是她经常听得云里雾里,而车光就偷偷瞄她。

— 第 四 幕 —

　　小小的眼睛里，装满了欲言又止。
　　她故意装作不知道，但是心里还是有点慌有点乱跳，毕竟是第一次尝到被异性关注的滋味，她也有一颗少女心。
　　但这初初萌芽的少女心，很快就碎了。

　　她永远不会忘记那一天，章老师给他俩出了一张卷子，让他俩在外间做。
　　刚开始做没多久，就听到章老师在里面喊她的名字："程与梅！进来一下！"
　　她哆哆嗦嗦进去了，不知道是不是又要挨骂。
　　一进去，章老师就把门关紧，一边高声骂她蠢，一边拖着她的手，把她拉到了床边。
　　她的身体被中年男人一把搂住，粗暴揉搓，嘴被一只大手死死捂住。
　　章老师在她耳根喘着气低语："不要出声，你敢出声，我就告诉你爹娘你勾引我，告诉所有老师同学你勾引我！我不弄坏你，我就摸一下，一下就好，你不要出声！"
　　她吓呆了，像一截木桩一样杵在那里，身体被章老师揉捏得剧痛，也不敢喊。
　　最后章老师喘着气结束了这场凌虐，从头到尾，她都穿着学校发的校服裙，像一个傻傻的人偶。

— YE NIAO —

校服裙脏了，上面布满了白白的脏东西。

妈妈没有发现，她自己端着盆到水龙头下拼命地刷洗。

她不敢反抗可怕的章老师，他太凶了，像一尊凶神。

她也相信他的话，如果说出去，所有人一定不会相信她。

她这么丑，如果不是主动勾引，怎么会让单身了一辈子的章老师兽性大发？

于是，章老师的动作一次次升级。

他揉搓她，抠摸她，要她用手，用嘴，最后用打开的身体变着花样满足他。

每一次都是在里间，而车光就在一门之隔的外间解题。

章老师还有一个怪癖，他喜欢在她穿着校服裙的时候玩弄她，她因此试图不穿校服裙来补习，却又被他打骂，要求她必须穿。

穿上校服裙的日子，就是她的受难日。

她渐渐地习惯了，麻木了。

第一次和第一百次，好像也没有什么不同。

突然有一次，她被按在桌上承受着章老师的冲击时，竟然看到没有关严的门缝里，那双赤红的贪婪的眼睛，在偷看她！

是车光！

他在偷看！

— 第四幕 —

看她被老师各种欺负，他不敢冲进来救她，却也用自己的方式在门外偷偷享受着。

那一刻，她的眼泪唰地涌了出来。

她恨死了所有人。

恨父母，恨章老师，恨车光。

日子还要继续。

渐渐地，她发现了新的转移注意力的方法。

她发现，门外的车光，会随着她的表现而产生明显的情绪起伏。

而她身上的章老师，也会因为她的表现不同，而被她控制节奏。

她渐渐学会了用不同的表情、声音、动作来逗弄他们，她发现这似乎也是一种报复，他们会因为她而痛苦，而激动，而疯狂。

她仿佛从此可以掌控自己的处境。

这样畸形的三人行的生活，一直持续到中学毕业。

17. 相依为害

十七岁的程与梅在前面慢慢走着，车光在她的身后远远地跟着，像一条夹着尾巴的狗，又像一个落寞的影子。

— YE NIAO —

程与梅黑黑胖胖的脸上,已经看不到三年前的自卑胆怯,她的脸上有一种奇异的笃定感,小小的眼睛里,甚至出现了一些说不清道不明的光华。

在车光和章老师的轮流补习下,她和车光一起,考上了市重点高中,离开了那个小镇。

离开小镇后一个月,章老师在使用煤气罐做晚餐的时候,煤气罐发生爆炸。那个人被炸得血肉横飞,在巨响中化成了粉末。

痛快。

她微微笑着。

她知道这一切是怎么回事,就像她知道,车光是一个天才。

而这个天才,只要给他甜蜜的糖果,他就可以为她付出一切,献出他所有的智慧、胆识、谋略和狠厉。

上天关闭了她所有的门,终于为她打开了一个小窗。

她就是他的糖果。

有时候想到这里,她甚至都忍不住会哈哈大笑起来。

她对他仿佛有着某种魔力,真有趣。

她一直都知道,他跟在她的身后,但是她不说话,他便不敢靠近。

她停下来,远远地朝那条狗招了招手。

车光受宠若惊地冲出来,左脚绊到右脚,差点摔了一跤。快

— 第 四 幕 —

十八九岁的青年了,却仍然身材瘦小如同未发育好的孩子,只是脸上却又有了早生的皱纹,更显可笑。

他奔到她身边,她轻轻牵了他的手,他的周身涌过一阵电流般的酥麻。

他朝着她傻笑。

在她面前,他永远是那个情愫初开的少年。

而她永远是那个善良地为他捡起书本的女孩儿。

与梅说:"我想要你帮我做一件事。"

车光拼命点头。

他不需要问是什么事,她要他做,他就做。

与梅说:"我很讨厌我们班的一个女生,我想整一整她和她那个男朋友。"

车光怔了一下,又点头。

与梅高兴地说:"那你听我说。"

她轻轻靠近车光的耳朵,轻言细语说出她的计划。

她感觉到自己喷洒的热气擦过车光的耳朵,他兴奋得腿直抖,几乎要软倒在她身上。

她日益丰满的胸部近在咫尺,似乎有意无意地擦过他的手臂。

她今天还穿着高中的校服裙。

她声音娇软地说:"我会给你的……"

— YE NIAO —

  这个程度的刺激就已经让车光的兴奋达到了顶点,车光"嗷"的一声叫了出来。
  他感到自己的裤裆一片濡湿,他脸色通红,窘迫地低下头,心里羞愧难当。
  她好笑地看着这个已经长出一些青胡子的小男人,他的眼镜度数好像又深了些,镜片更厚了。
  她像个母亲一样,爱怜地抚摸了一下他的头。

  被蒙上眼睛的翁良渚在厢式卡车里挣扎着,平日里因为有钱而不可一世的小少年,此刻惊恐万分,说不定已经尿湿了裤子,苦苦哀求绑匪放过他。
  无人经过的死巷子尽头,巨大的垃圾桶后,同样被绑得严严实实的女孩儿,程与梅的同班同学栀子被扔在那里,她看不到卡车那里发生的一切,也发不出任何声音。
  她不明白为什么会在回家的路上发生这种事。
  难道是翁良渚家的仇人?
  她知道翁良渚家境优渥,是学校里有名的富家子,但是,绑架这种事,对两个高中生来说,似乎还是太遥远了。
  她只能默默地流着泪,等待着命运的宣判,泪水濡湿了遮眼的布条,浸泡着她的双眼。

— 第 四 幕 —

而在那辆卡车的驾驶室里,车光正像发情的公狗一样,对穿着校服的女孩做着他做梦都在幻想渴望的事情。

只有这个女人,只有她!

世界上只有她,能够让他成为勇士,成为天神,人生也仿佛有了意义。

天知道当青春期的第一次悸动,他发现自己竟然有着生理隐疾时,他有多么惊恐绝望。

天也知道这样的隐疾在他看到程与梅与章老师的那些画面后,得到了神奇般的治愈,他有多么狂喜而羞愧。

她是上天派来拯救他的天使。

只有她,才能让他得到极致的快乐。

其他的,都不重要。

如果没有她,他活着的意义就是无尽的黑暗与苦痛。

与梅呻吟着。她故意放大自己的声音,让她的声音清楚地穿透虚无的空气,到达目标者的耳中。这一刻,她掌控着计划的每一分细节,充满了把控。

她的计划中有一部分,就是要他听。

同时,她知道怎样才能让他们都为她的计划而失去理智。

她享受他为她一人而生的癫狂。

冷风穿过死巷,车光怒吼着,冲上了高峰。

— YE NIAO —

而车厢里被捆成了粽子的翁良渚,却青筋暴起,泪流满面,恨自己不能割掉耳朵。

不知道这一幕过了多久,栀子昏了过去,醒来时,发现捆绑手脚的绳子已经不见了,堵着口眼的布条也消失了。

如果不是因为周围堆积如山的垃圾依然发出恶臭,她会怀疑自己只是做了一场噩梦。

她茫然地爬起来,手不小心摸到了一摊腐烂的不知名黏液,令她胃里一阵翻滚。

然后她就看到了躺在不远处的翁良渚。

载他们到这里的卡车不见了。

幸好翁良渚还在。

看起来他并没有受什么伤害。

栀子小小惊叫了一声,踉跄着奔过去。

她喊着少年的名字。

翁良渚慢慢睁开了眼睛,他也昏了过去,然后再醒来,发现已经重获了自由。

但是,脑海里的记忆,像是毒液般,将他腐蚀。

他看到栀子那张小小的洁白的面孔近在咫尺,突然"哇"的一声吐了。

— 第 四 幕 —

他用了最大力气猛地一脚踹飞她,然后手脚并用地爬开,大吼着:"滚开!你这个贱货!"

栀子猝不及防被翁良渚一脚踹中肚子,剧痛令她表情扭曲。

更令她惊愕的是,翁良渚那嫌恶的表情和落荒而逃的身影。

仿佛她是天底下最脏的东西。

她看着翁良渚丢下她跑远,哭泣着,捂着肚子慢慢站起来,朝巷子外走去。

她没有看到之后从角落里走出来的人。

程与梅已经整理好了自己的校服,头发还有些凌乱。

她高兴地对车光说:"我讨厌她,她总是想和我做朋友,其实就是想让我做她的陪衬,显出她的美貌。凭什么我们都是穷人,她却因为长得美,能够找到富二代男朋友,还要出国留学,我偏不许。"

车光沉浸在不久前天崩地裂的满足里,其他的,他都不关心,只是附和地点头,脸上露出迷醉般的微笑。

程与梅满意地拍拍他的脸:"但是她那张脸,长得可真好看。我喜欢她那张脸,你喜欢吗?"

车光摇摇头:"我只喜欢你。"

程与梅亲了他一口:"其实今天的事,也不单是我想做,主要还是因为,有人给了我一大笔钱,要我做。正好我也讨厌她,何乐而不为呢。你知道是谁要我做这件事吗?是那个富二代的妈妈……嘻嘻,

— YE NIAO —

车光,我想啊,以后我得赚很多钱,我要去整容,整成她的样子,你还会喜欢我吗?"

车光顺从地点头:"当然。"

程与梅拉着他的手转圈圈,这一刻,她才像一个真正的少女,露出了天真明亮的笑容。

"对了,还有一件事要你去做……"

当天晚上,栀子死了。

虽然不知道是怎么死的,但程与梅知道,多半与那个给她钱让她演戏的女人有关。

不过,那不是她关心的事。

一个月后,她在农村的残疾父母因为冬天烤火怕门窗漏风把缝都用胶带封死,而发生了一氧化碳中毒,双双遇难。

程与梅彻底成了孤儿。

在所有人都同情着她的时候,只有她知道,自己从此自由了。

她终于彻底扔掉了捆绑在身上的枷锁,开始像一只浴火的凤凰,期待重生的那一天。

林蝶慢慢闭上眼睛。

她的嘴角含着一点笑意,手下稍稍用力,将那张中学合影,撕了

— 第四幕 —

个粉碎,然后朝空中做了一个抛洒的动作,任碎片如雪花般纷扬,落在地毯上。

世间再无程与梅,只有美丽的、不能被任何人践踏的女神林蝶。

第五幕　极恶之源

> 并没有所谓命运这个东西，一切不过是考验，惩罚或者补偿。
> ——伏尔泰

— 第 五 幕 —

18. 失控的"虫"

青川又在自己的笔记本上画着别人看不懂的图案和线条。

这是米露的一种治疗方式,通过这种方式,把青川内心的创痛抒发出来。但她并不确定对青川有没有用,因为他的心门不是上了锁,而是被铁水焊死,根本没有缝。

她不知道那铁水是他自己浇上去的,还是有人在他还无力反抗的时候为之。

外面传来了门铃的音乐声。

米露站起来,她知道是那对预约好的母女来了,她走出去开门。

门口果然站着预约的人。

四十多岁的女人牵着一个十岁左右的女孩儿,有些局促地朝医生微笑。而她的女儿则低着头,没有任何表情。

米露热情地招呼她们进来。

她们来自中产家庭。男主人是政府要员,而女主人也一向生活得

— YE NIAO —

养尊处优，女儿春风乖巧懂事，从小到大都是"别人家的孩子"。

事情出在一年前，春风的妈妈意外怀孕生下了第二个孩子，一个粉妆玉琢的女孩儿。

小生命的到来为这个家庭增添了新的快乐，春风很喜欢小妹妹，放学后总是围在小妹妹身边，逗她玩耍，喂她吃奶瓶，父母看在眼里，也十分欣慰。

谁知道小妹妹半岁时，在妈妈下楼拿快递的十分钟里，自己翻身从小床上跌了下来。

原本地上铺了柔软的地垫，也不会有大问题，然而好巧的是，春风正好将她的芭比娃娃玩具箱放在了小妹妹的床边，而那箱中除了她的各种芭比娃娃，还有着她最近正在学习给娃娃做衣服用的一些工具。

其中就包括了一把锋利的家用剪刀。

而这把剪刀，又正好混在杂物里，刀尖端端正正朝上。

小妹妹摔下来的时候，掉进了玩具箱里，被剪刀刺中，当场死亡。

一切都匪夷所思，但就这样真实地发生了。

正在另一间房写作业的春风听到动静跑过来看时，就看到了小妹妹死的惨状，当场晕了过去。

妈妈拿了快递上来，也差点直接疯了。

一切似乎只能归于天意，但懂事的春风，固执地认为，是自己的错，

— 第 五 幕 —

是自己害死了小妹妹。

原本开朗活泼的她变得沉默,只要放学后就躲在自己的房间里,不肯见人,不肯说话,晚上听到任何动静都会惊吓得跳起来,好不容易睡着也会在梦里哭喊着醒来。

这种情况下,悲痛欲绝的父母不得不将失去小女儿的打击转移到对大女儿的关心上。

他们已经失去了一个孩子,不能再让春风也毁掉。

春风从小到大都是好孩子,她那么深爱小妹妹,她把玩具箱拖到小妹妹床边,也是为了一边做手工一边看着小妹妹,她又怎么知道会发生这样的意外?

如果要怪,妈妈只能怪自己为什么要下楼取快递。

所以,经人介绍,妈妈带着春风找到了米露,希望米露能够治愈春风的创伤。

春风做完了治疗,独自坐在门外的小台阶上发呆。

她是一个美丽的小姑娘,人见人爱的那种。此时她面无表情,看着远处阳光的斑点在地上跳跃,一只黄色的蝴蝶在草尖上舞蹈,却激不起她眼瞳里的任何惊喜和波澜。

她这个样子,让人更加心疼。

青川走了过去,默默地坐在她的身边。

— YE NIAO —

青川长相出色,任谁见到都很难忽视,即使是春风这样的小姑娘,也忍不住转头多看了他几眼。

青川朝她友善地微笑。

"不要难过了,不是你的错。"

已经听了很多很多遍的这句话,从他嘴里说出来,竟让她有了一点点反应。

"是我的错。"春风突然开口。

她似乎已经厌烦了大人无止境的苍白安慰。

再怎么安慰,小妹妹那张血流满面的脸,也永远不会再对她甜甜地笑了。

青川想了想,竟然点了点头:"好吧,是你的错。"

他突然这么说,春风却又不乐意了。

不知道为什么,自从小妹妹出事后,她能不说话就不开口,却忍不住想要和这个人多说几句。

"但我没有办法。"她伤心地说。

青川轻轻摸了一下她的头发:"我们还太小了,小到会犯很多错……是的,没有办法,所以要原谅自己,因为,要活下去啊。"

春风的眼睛亮了亮。

她似乎觉得,眼前的这个好看的人说的话,和其他人有些不同。

他说"我们"。

— 第五幕 —

"我们"的意思,是包括他吗?
"你也经历过这种事吗?"她问他。
没有想到,他竟然爽快地点了点头。
"我经历过。"
妈妈美丽而哀求的眼睛看着他,她是在求他不要逃跑吧,如果他逃跑了,爸爸一定不会放过她。
可是,他太害怕了,他正在一步步变成怪物,马上就再也变不回来了。
所以,他还是丢下了妈妈逃跑了。
所以,妈妈死了。
妈妈是因为他逃跑才死去的。
是他害死了妈妈。

青川从口袋里掏出几颗彩色的糖果,放在春风的小手里。
"吃一颗糖,然后原谅自己吧。"
他有着严重的厌食症,很多时候,强行吃下去的东西,都会反射性地呕吐出来。
但吃小小的糖果不会。
它们的甜味,是他的胃似乎不会抗拒的安慰。
所以,他口袋里时常带着糖。

— YE NIAO —

高性能的私家小车驶进了地下车库。

春风的妈妈牵着她的手走了出来，母女俩一起走向电梯间，妈妈轻声问女儿今天感觉如何。

春风点点头，少见地露出了乖巧的微笑。

妈妈心里松了松，感觉治疗起了效果，女儿正在慢慢恢复，疲惫的心也获得了一丝安慰。

快到电梯间时，春风突然跑到一处垃圾桶旁，把手里的东西扔了进去。

"扔什么？"妈妈问。

"垃圾。"春风轻轻回答。

妈妈没有在意，按下了电梯按钮。

她没有注意到，女儿在身后，露出了一个古怪的笑容。

那个笑容，出现在一个十岁的女孩儿脸上，任谁见到，都会觉得后背发冷。

桃远市青少年科技馆落成典礼。

这座科技馆是政府部门牵头，一些民营企业家赞助兴建的，其中，出资最多的就是孟氏集团。为了表彰企业家们对本市教育的热情贡献，今天科技馆落成典礼，特意追加了一个表彰环节。

孟方戴着大红花和市领导一起坐在前排，他的笑容慈祥温暖，像沐浴着太阳的光辉，看上去竟然顺眼了很多。

— 第 五 幕 —

虽然只是一个被表彰对象,但从他坐的位置,到周围各级领导和他交谈的熟稔程度,客气程度,都可以看出来,他才是今天的主角。

他喜欢这种隐形实力的感觉。

轮到他上台了,他在众人如雷的掌声和尊敬的目光里走上红毯,然后接受优秀小学生代表的献花。

向他走来的美丽的小姑娘穿着校服,戴着鲜艳的红领巾,手里捧着一束鲜花,画面那么美。

他一眼认出来,这小姑娘是春风。

春风是他认识的一个政府要员的女儿,他和那位要员有些私下交易,见过春风一次。小姑娘玉雪可爱,懂事乖巧,他突然兴起,把她也变成了自己的试验品,他操纵的"虫"。

之后春风杀了她的小妹妹。

真不错,这孩子,他只管发出指令,怎么完成,是"虫们"自己的智慧,这才是红眼蓝花的奇妙之处。

因此,小小年纪的春风,不但完成了任务,还为自己设计了大量脱身环节,显见智商之高。

假以时日,她一定会是一只最优秀的"虫"。

孟方的笑容更慈祥了,他看着春风走到他的面前,然后左手把花捧在胸前,右手端正地给他行了一个队礼。

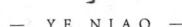
— YE NIAO —

小姑娘把手里的鲜花献给他。

台下掌声如雷涌动。

春风笑了,她笑起来特别可爱。

孟方在她的笑容里接过鲜花,弯下腰轻轻地拥抱她,这情景被记者们的闪光灯捕捉,分外感人。

孟方的笑容却突然停滞在脸上。

他慢慢直起身子,低下头,难以置信地看着鲜花里的那截刀柄。

刀的另一部分在他的肚子里。

他看着春风。

"虫"是认识主人的,他是他们唯一的主人。

"虫"绝不会伤害主人,哪怕主人要他们死,他们也会立刻去死。

但是,春风竟然刺伤了他。

孟方直到倒在地上,眼里仍然写满了难以置信。

"今天在最后,想和大家分享雨果的一句话:释放无限光明的是人心,制造无边黑暗的,也是人心。晚安。"

说完这一句,青川伸手轻轻关掉了设备。

他想,差不多了。

这应该是这个网络电台最后一次播音了。

一切终有结果,而结果一定会在该到来的时候,如期到来。

— 第 五 幕 —

他微微把头靠在椅背上,目光投向虚空。

门开了。
进来的一定是米露。
这个电台的位置,只有他和她知道。
青川没有回头。
却听到米露愤怒的声音:"你早就知道,春风也是'虫',是不是?"
青川有些吃惊地转过身,看着气呼呼的米露。
米露从来不对他生气,印象里,这好像是第一次。
他努力地回想了一下春风是谁。
然后脑海里浮现出了那个和他一起坐在台阶上的美丽女孩儿的脸。

"她是'虫'?"
他没有感觉到,他对"虫"应该有所感知,但他没有感觉到小姑娘身上有"虫"的气息。
如果是真的,只能说明,他失误了。
或许是因为同病相怜的经历,那一刻,他失去了平常心。
这真是太危险了。

但是,米露显然不信。

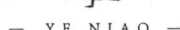
— YE NIAO —

她亲眼见过无数次青川的能力。青川的感觉很少出错,精准如同机器。

她也知道,青川要对付的终极目标,就是今天被春风刺伤的孟方。

"你是不是用红眼蓝花的毒去反控制了春风,让她刺伤孟方?这样孟方就会被自己的'虫'反伤而方寸大乱,露出破绽好被你抓住证据!"

米露知道自己不该这么说话,作为一名优秀的心理医生,她更不应该刺激她的病人。

但是,今天她失控了。

也许是因为在她的心里,青川早已不是普通的病人,她对他怀有某种期望,因而承受不了失望。

也许是因为她疼爱春风那个孩子,不忍春风变成牺牲的工具。

"你知不知道,这么做,春风会留下多大的心理阴影?她清醒后,知道自己亲手伤了人,她这一生该怎么面对自己,面对别人的眼光?她的一生都毁了!我以为,你最懂这种感受,绝不会做出这种事!"

青川任她发泄,他的表情是平静的,和往常一样,好像戴了面具,看不出任何波动的情绪。

他只是待米露停下来喘气的间隙,似乎是自言自语般反问了一句:"你觉得……我也掌握了红眼蓝花?"

米露的心被这句轻飘飘的话重击了一下。

— 第 五 幕 —

她的心已经乱了,她觉得她现在实在不宜面对青川。

她感觉到自己犯了大错,但眼下她只能先逃走,让自己恢复理智,再来收拾自己造成的烂摊子。

于是,房间里很快只留下了青川一个人。

青川一直保持着同样的姿势坐在椅子上,怔怔地想着什么,又似乎什么也没有想。

"是啊,我最懂这种感受。"他叹气,"因为我就是这样,死在了我的童年里。"

所以,我不会这样对春风。

我也没有掌握红眼蓝花,三叔穷尽半生,研制出来的,只是解毒剂。

可是,我终究是一个已经完全被改造过的怪物,人们无法彻底地相信一个怪物,是理所当然的。

他苦笑了一下,慢慢站起身来,一一切断了所有电源。

夜鸟电台从这个世界上消失了。

它的使命完成了。

孟方躺在医院的病床上。

他若有所思。

他受的伤并不重,刀尖插入腹部半刀,没有伤及大血管。

对他更大的伤害,应该是春风为什么这样做。

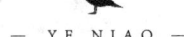

— YE NIAO —

他现在还在各路人马的关心和监视下,不得不躺在这豪华的病房里,做一个好市民,所以无法去见春风,检查她到底哪里出了问题。

但他的脑子不会停止运转。

如果春风对他的攻击,是来自于另外的力量,那么对方显然知道,春风是个小孩儿,根本不足以真正致命。

这拨操作不过是向他示威,让他在大庭广众之下,在最不可能出错的场合里,眼睁睁地看着他的"虫"失控。

在他以为自己的控制试验彻底成功,已经和国外的重要势力签订了合作协议以后,这变故对他的打击,无疑是毁灭性的。

他不能忍,他的内心里,有着千万只利爪在抓挠,但是表面上,他还得慈祥微笑。

他为什么蛰伏了这么多年,为什么做了这么多人体试验,到现在才正式开始运营他的地下生意,就是因为,他是一个完美主义者,他需要万无一失。

经过无数的试验,他终于相信自己成功了。

红眼蓝花的控制绝不会出现失控。

然而,春风却失控了。

不,并不是从来没有出现过失控的"虫"。

在很久很久以前,是出现过一个的。

— 第 五 幕 —

他的儿子,五岁的遥河。

就在他以为已经完全控制了遥河后,遥河离开了他。

那一次,他遭受的打击更大,大到这场"伟大"的试验,差点没能继续下去。

好在他挺了过来。

他的手机振动了一下。

他按了一下,屏幕亮了。

有人发了一个地址过来。

是一个陌生号码。

他点了一下。

他的眼睛突然瞪大了。

是一张动图,点开后,在他的手机上反复播放。

在一栋高楼上,穿着白裙子的女人一跃而下,长发飞舞,白裙飘扬。

然后"砰"地坠地。

孟方握着手机的手背上,暴出了一条条青筋,他在极力控制着自己,眼睛却无法离开那张反复播放的动图。

这是恶作剧?

不,他不会认为这是恶作剧。

这分明是他的妻子铃兰当年跳楼的情景。

— YE NIAO —

当年有人录下了这一幕?
不,不可能。
铃兰走的时候,他就在旁边,那只是突发的意外,不会有人提前知晓。

他不知道看了多少遍,终于看出了一点破绽。
那不是一个真人。
那是一个穿着铃兰当年相似衣裙的人偶。
是人偶被人从楼顶推下来拍的视频做成的动图。
那么,录制这个的目的是什么?
和春风的事情一样,是向他宣战?刺激他?
他冷笑起来,心里反而生出了一股淡定的狠厉。
无论你是谁,来吧。
我孟方,已经无惧天下。

青川走出房门,将门小心锁好。
他知道以后不会再来这里了。
这里是十楼,他没有坐电梯,选择了走楼梯下去。
刚下了一层,借着亮起的感应灯,他突然一眼扫到角落里的一包东西。
青川的瞳孔像被针刺中一样,猛然强力收缩。
他在撞见孟方,重遇白一舟,被米露误会时都没有过这样不可控

— 第 五 幕 —

的情绪波动,这包东西却让他像被电击了一般,整个人猛然后跌,后背仓皇地撞到了墙壁,发出沉闷的声响。

他几乎要把自己的骨头撞碎了。

但是他感觉不到疼,只是惊恐地死死地盯着那一个黑色塑料袋,好像那是一个炸弹。

楼道里没有人,感应灯一直亮着,四周安静得可怕,只有青川急促的呼吸声陪伴着他。

他没有办法动弹,后背用力地抵着墙壁,又无力逃走,似乎想把自己整个人都卡进墙里去,消失不见。

冷汗顺着他的额角一滴滴流下来,流过面颊,流过脖颈,流进衣服里去。

他连手都抬不起。

不知道过了多久,电梯在十楼发出了一声"叮",有人从电梯里走了出来。

然后是按门铃的声音。

再然后,有脚步声顺着楼梯下来了。

大概是看到了感应灯一直亮着觉得奇怪。

一个人影站在了青川面前,用手在他眼皮前挥动。

"喂!"

— YE NIAO —

　　白一舟被青川这个样子吓到了。

　　他不是没见过青川发病,虽然他也不知道这是什么鬼毛病,但是发作起来还真是吓人。

　　每一次他都担心青川会直接爆血管。

　　他是接到了米露的电话,按米露给的地址找过来的。

　　米露说自己现在状态不太好,请他去看一下青川,怕出事。

　　他也不知道这俩人搞什么鬼,正好在附近,就过来了。

　　他喊了几声,青川眼珠都没动一下,只死死盯着一个点。

　　他顺着青川的目光看过去,看到墙角一个黑色的塑料袋。

　　他走过去,皱着眉头把袋子解开,里面并没有想象中的危险品,就是一些厨余垃圾。

　　大概是哪位住户偷懒没有把垃圾带下去放在了楼梯间里等明早清洁工拿走。

　　他莫名其妙地把敞开的垃圾袋展示给青川看。

　　"你在怕什么?小强?看到小强了?"

　　青川的眼珠终于动了,身体也随即软下来。

　　像是一口气突然松了,他一下子支撑不住,顺着墙滑坐在地上。

　　像是耗尽了一身的力气。

— 第 五 幕 —

他的头发甚至都湿透了,有几绺贴在额角。

白一舟蹲在他面前,追问:"你怎么了?刚才那袋垃圾里跑出来小强?老鼠?你吓成这样。"
"兔子。"青川从牙缝里吐出两个字。
"什么?"白一舟没听清。
"兔子。"
就是那种雪白的毛茸茸的有着红眼睛的,可爱的小兔子。

很多年前,一个满月的夜晚,瘦小的男孩儿穿着睡衣,从那个调皮的小伙伴每天爬进来找他玩的小窗口爬了出去。
他假装无意间问过很多细节,在心里描画过无数次。
终于成行。
他把全身的力气都集中在自己细小的手指上,抓紧粗糙的树干。
像一只小兽一样,一点一点,爬向了夜色深处。

他爬过墙外那只大垃圾桶时,看到了扔在桶边的一包东西,他的胃里猛然翻腾了起来,无法控制自己"哇"的一声,吐了满地。
他知道那是什么东西。
他一边哭一边向前爬去。

遥河是个怪物了。
遥河杀死了好多好多的小兔子。
遥河还把它们撕碎了。
遥河指甲里的血腥味再也洗不干净了。
妈妈,你为什么不保护我,遥河好害怕。

清晨,搞卫生的清洁工在垃圾桶边拾起了那一包黑色的塑料袋包着的东西。
她掂着手感有些奇怪,于是打开来。
发现竟然是一包碎肉。
几个兔头和兔子的毛皮放在一边,干净又细碎的肉块单独放了一包,还有一包,是兔子的内脏。
她闻一闻,还很新鲜,嘀咕着哪个有钱人这么浪费,决定拿回去炒菜,心里美滋滋的。

19. 真正的梅

周末,白一舟的妹妹白燕奉母命来看他。
白一舟的单身宿舍是套精装的一室一厅,档次不低,但被从不收

— 第 五 幕 —

拾的他住过一阵,也就和地震过后的狗窝差不太多。

白燕刚进屋的时候,例行找不着下脚的地儿。

好在她早有心理准备,也早对这个哥哥不抱什么幻想,一进屋把穿着大裤衩子缩在被窝里的白一舟一脚踢到地上,就开始手脚麻利地收拾房间。

白一舟披上件睡袍,跑到卫生间解决了一下膀胱的夜间库存问题,就开始拿着牙刷在嘴里震动吐泡泡。

白燕一边收拾一边数落哥哥,活脱脱是个小号的妈。

白一舟也不甘示弱,含着满嘴薄荷味的牙膏泡,还要时不时刺妹妹两句,说她又胖了,早该来他这儿劳动减肥了。

兄妹俩从小到大都是这么斗来斗去相爱相杀,倒也其乐融融。

抹工作台的时候,白燕不小心把桌上的一沓资料给弄掉了,她拾起来给放好,又碰到了笔记本电脑的鼠标。电脑一直没有关机,只是处于休眠状态,被人碰了一下,屏幕就亮了。

白燕下意识抬了一下头,她知道哥哥的工作电脑她不能乱翻乱看,但就在视线不小心扫过的一刻,她突然惊叫了一声。

电脑屏幕上,出现了一张巨大的照片,照片里的人睁着眼睛,直勾勾地看着她。

— YE NIAO —

白一舟已经刷完了牙洗完了脸,一身清爽地过来了。

听到白燕惊叫,他以为妹妹被照片里的人偶吓到了,一边关掉那张照片,一边挖苦她:"一张人偶照片把你吓成这样,敢情是你哥我对你太温柔了,平时给你发恐怖图片太少,对你的革命意志锻炼不够!"

白燕却懒得和他斗嘴。

她有点心神不宁的样子,踌躇了半天,还是说了出来:"不是吓到,是那个人偶长得和我的前老板一模一样。"

白燕的前老板?

白一舟回想了一下,他这个妹妹大学是学的服装设计,毕业后做过不少工作,前一份工作嘛,好像是在设计婚纱?

他挠了挠头:"就是那个你说得过大奖的什么……"

"我前老板叫林蝶。"白燕说,"是个很有名的婚纱设计师,超级大美女。哥,我想了又想,刚才那个人偶和林蝶简直是一模一样,这也太诡异了吧。那是哪个公司出的产品啊?"

"林蝶"这名字一出来,白一舟心里就"咯噔"一下。

这个名字……

他耳边自动响起了一个人的声音:"还有一个人可以接近翁太太,她就是翁良渚的未婚妻林蝶……"

— 第 五 幕 —

他飞快地重新打开了那张照片,照片上的人偶静静地看着他。

虽然是个人偶,却有着一种魅惑的魔力。

白燕也凑了过来,一边看一边啧啧称赞:"哥,你现在的整容技术多牛啊,就说这个林蝶吧,我听我同事偷偷告诉我,她这张脸,可是完全的整容脸。我同事偷偷看过她以前的档案,长得可丑了。不知道她做了多少次手术,你看现在多美啊……"

白一舟"啊"地大叫一声,吓得白燕蹦了起来。

白一舟死死盯着妹妹,突然冲上前猛地把她抱起来转了个圈,然后一把抓起架子上的外衣,头也不回就往外冲。

白燕急得在后面大叫:"哥你发什么神经!"

白一舟大喊:"我去一趟单位!"

白燕只得自己关上门,继续收拾。

她一边收拾一边回想着刚才的事,越想越不对劲,心里隐隐感觉,自己不小心揭露了什么重要秘密,也许和哥哥手上正在办的案子有关。

如果是这样,那林蝶岂不是犯法了?

她想起自己在林蝶那儿工作的两年。

当时,她在工作室里有个玩得最好的朋友叫顺妞,现在仍然在林蝶那儿打工。偷看林蝶旧档案和她八卦的也是这个顺妞。

顺妞爱八卦,没心眼,成天傻乐傻乐的,其实家境不好,家里有个瘫痪的老娘和一个白血病弟弟都靠她养着。

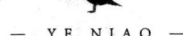
— YE NIAO —

白燕很担心如果林蝶犯了什么法，工作室一倒闭，顺妞会瞬间失业。

想了又想，她决定打个电话给顺妞，提醒顺妞早点留意下其他工作。

电话响了很久才接通。

顺妞的声音压得低低的，好像不敢大声说话。

白燕说："你在干吗？"

顺妞说："女神临时叫我们来加班，她最近心情不太好，我们都不敢在里面接电话，只能偷偷跑到外面来接。"

她说的女神就是林蝶。

这是员工们私下的调侃。

白燕正想着怎么委婉地提醒一下顺妞，却听顺妞兴奋地对她说："燕子，我和你说啊，我怀疑女神脚踏两条船！她不是和那个姓翁的有钱人订婚了吗，可是她好像还有其他情人，而且最近和她分手了！她的真爱可能是这一个，和姓翁的订婚只是为了钱……"

顺妞这姑娘什么都好，就是嘴多嘴碎爱八卦，白燕说过她很多次，这样不好，还得罪人，她却不以为然。

就在顺妞激动地和白燕分享八卦的时候，她突然后脑一痛，然后就倒在了走廊的杂物间里。

— 第 五 幕 —

而白燕那边,猛然听到电话被切断的声音,心里一惊,赶快再打,却再也无人接听。

20. 救救孩子

白一舟再一次看到那个人偶,他才感觉,自己真的因为偏见而差点错过了重要线索。

人偶面目栩栩如生,肌肤手感温润细腻,关节均可动。

车光必定是想尽了办法才特别定制出这个人偶。它对车光的意义,显然不会只是满足性爱需求这么简单。

现在白一舟知道了,它代表着她,一个女人。

一个在车光的人生里,比车光的生命更为重要的女人。

这个女人因为种种原因,并不会与车光厮守终生,而车光也不敢奢望,于是这个人偶,就是替代品。

曾经的程与梅,重生后的林蝶。

白一舟掏出手机在网上搜出林蝶得奖时领奖的照片,对比之下,答案昭然若揭。

很多之前觉得有些别扭的细节,神奇般地联系了起来。

— YE NIAO —

　　车光真是个智商很高的人。
　　那天晚上，六指接受了行凶的命令，带着孟方给的刀和偷配的钥匙进入了车光的房间。
　　在争斗中，六指反而被杀死，可能是误伤，也可能是刻意。
　　关键是六指死后，车光立刻想到了这个重要人偶会暴露，他不担心自己被抓，却担心自己被抓后没有人能够保护好这个人偶和它背后代表的那个人。
　　所以他利用人们对于性的避讳心理，索性反其道而行之，将人偶抱在身上，摆出交欢的姿势，令看到的人都心生反感，唯恐避之不及，更不想再多看一眼。
　　他或许没有料到韦桃这么快会报案，找来的竟然是警察，但他知道第二天鞋匠老刘一定会来敲他的门看望皎皎。
　　虽然有些差错，但白一舟他们确实在第一眼的先入为主后，下意识地把这个人偶视为车光排遣寂寞的道具，甚至有些老警察提起便斥为变态，把人偶收进证物室后，更是给它蒙上了一层布，放在角落，准备常年封存。

　　如果不是白一舟这个脑洞清奇的人坚持要化验人偶身上的衣物，断然不会有人发现这衣物上或许隐藏着多名少女的失踪大案。
　　而如果不是白燕恰好在收拾房间时无意看到了那张人偶的照片，也不会有人把人偶的面目和真人女性去做对比，令看似与车光毫无任

— 第五幕 —

何关系的林蝶浮出水面。
这一切,白一舟只能感叹是天意。

就在白一舟准备带人前往林蝶的工作室时,他接到了白燕的电话。
在电话里,白燕带着哭腔说,她的好朋友顺妞可能出事了。
她把刚才的事匆匆说了一遍。
白一舟顿叫不好,他立刻带人前向林蝶的工作室,然而,工作室已经人去楼空,林蝶和顺妞都不见了。

青川坐在母亲铃兰的墓前,轻轻抚摸着墓碑。
在母亲的墓的旁边,是遥河的墓。
当年遥河逃走,孟方对外称遥河病死,而不久后遥河的母亲铃兰跳楼自杀,孟方便将母子俩的墓放在了一个墓园里,相依相伴。
但是,孟方和青川都知道,遥河的墓里,是空的。
只是孟方深信身中剧毒的小遥河一定已经死在了某个地方,即使逃跑成功,世上并没有红眼蓝花的解毒方法,他也只能在极度痛苦和疯狂中死去。
青川却知道,遥河活了下来。
即使经历了地狱般的苦难,遥河还是活了下来。
尽管活得那么残缺,那么畸形,但毕竟是活着。

— YE NIAO —

"妈妈。"他把脸轻轻靠近冰凉的碑,用只有自己能听到的声音轻轻唤她,"我是遥河,我回来了。

"你一定很恨我吧?我逃跑以后,爸爸是怎么折磨你的呢?我从来都不敢想。你总是要我勇敢,可是,我知道我一点都不勇敢,我是个懦夫。

"我变得越来越可怕了,我觉得我撑不下去了,如果不逃跑,我一定会死掉。我想像那个白一舟一样到外面去,哪怕一天也好。

"那时我还太小了,我根本什么都没有想清楚,只知道不停地逃,后来才知道,根本没逃多远,我就昏倒了。如果不是遇上了那个叔叔,我早就被爸爸抓回去了吧,那样也好,你就不会死了。

"可是我被那个叔叔救了,那个叔叔还把我送到了国外,交给了三叔。那个叔叔说他是我大伯,可是这么多年了,我再也没有见到过这个自称我大伯的救命恩人了。

"妈,三叔对我说,原谅才能解脱。那我这么多年,没有一天感觉到解脱,一定是因为我不能原谅吧?

"不能原谅爸爸把我变成了怪物,不能原谅他逼死了你,不能原谅他对这个世界的狂妄野心和疯狂伤害……也不能原谅自己,为什么不能再坚强一点,保护好你……

"我无法原谅,所以,只有让恶魔和怪物一起从这个世界消失,还世界一个干净。"

— 第 五 幕 —

白一舟接到青川的电话,电话那边,似乎很安静空旷,还有着隐隐风吹的声音。

白一舟正在为顺妞和林蝶失踪的事做搜查部署,晚到一步的懊悔令他有些心浮气躁,这种情绪不免表现在了语气里。

"你又跑到哪里去了?"他一边开车一边接电话,前面有车插进来,他猛拍了一下喇叭,车子生气地吼起来。

"我叫人送了一个东西到你办公室,你记得去收一下,里面是这些年孟方投放在这座城市里的试验者的名单。"青川尽量把每一个字说清楚,因为他知道,这很重要。

白一舟觉得有些不对劲:"我之前一直问你这事,你一直不肯交出来,现在怎么突然给我了?你怎么确定那些人是被试验的人?肯定吗?"

青川避而不答这个问题,他接着说:"为了验证红眼蓝花毒性的控制能力,孟方这些年设计了很多的试验目标,在普通人群中寻找身份完全不一样、性格处境完全不一样的试验者,男女老少贫穷富贵都有,在对他们进行控制后,给他们下达了各种指令,只是为了观察他们的完成情况。因为红眼蓝花最神奇的地方在于,它的控制不是程序式的重复,它是对人思维的控制,就是说被试验者被刻入指令后,如何完成,被试验者本身会穷尽自己的能力和智商,毕生为接近目标而努力。完成的过程没有标准答案。所以即使在过程中犯法,也会被认

— YE NIAO —

为是被试验者本身的意愿,而不会暴露他中了毒的事实。我知道没有经历过的人,很难理解那种状态,所以,在人群中寻找这些被试验者,我用了很长的时间,也想了很多的方法,直到最近,才得到了完整的名单资料。"

"你能确认是完整的?"

"我能。恶魔从来不会自己交出他的收藏。"青川说,"但有的时候,他也会因为自负而出现盲区。"

就在青川准备挂电话的时候,白一舟突然叫了他一声。

"什么?"青川重新把电话拿近耳朵。

"我最近上网查了一些地理方面的资料。"白一舟的声音突然沉静了下来,"我查到了原来青川是一条小河的名字。"

"哦。"

"那条河,在县志上的名字,一直是青川,连那个县的名字,就叫青川县。但其实,当地人不是这么叫它的。"白一舟慢慢地说,"当地人都叫它另一个名字,遥河。"

青川沉默。他知道白一舟迟早会感觉到他是谁,但是,他能做的,也只有沉默。

"不管你要做什么,首先一定要保护好自己的安全。"白一舟却并没有继续再逼他,"人活着不容易,好不容易活下来,就绝不能再轻易死去。"

— 第 五 幕 —

青川轻轻按掉了电话。

院子里依然种着那人最爱的矮冬青,窗台上放着名贵的君子兰,然而主人却不是君子,只是恶魔。

铺小路的鹅卵石一定要是纯白色的,不能掺有杂色,木门上镶着黄铜的把手,再往里去,一定是简洁到极致的家具,没有任何时尚电器,因为不允许出现欢快和娱乐的声音。

像是一个奇怪的坟墓。

青川很惊讶自己竟然还记得每一处细节。

明明那时候,他那么小,小到不应该有这样细致的记忆。

也许是超过想象的疼痛与恐惧加深放大了每一处细微的痕迹,那时的时间啊,如同一把把刻刀,把孩子的大脑和灵魂,都刻上凌乱而粗暴的印记。

这个时间,屋里不会有人,因为那个人,讨厌住家保姆。他只请钟点帮佣,而且每过一个月,必定更换。

而钟点帮佣的工作,也一定要在每天的规定时间内完成,确保不会出现在他的面前,引起他的不悦。

上午八点到十二点,就是他固定不在家的时间。

而帮佣工作完,是十点半。

还有一个半小时,家中是无人状态。

— YE NIAO —

而为了确保万无一失,青川还安排了这段时间小区停电检修电路,让所有的监控失效一段时间,同时还给那人制造了点儿麻烦,确保他不会提前回来。

最重要的一点……

青川走进这座房子。

这并不是小时候他住过的那座熟悉的房子,在他逃走后,孟方就搬离了原址。

然而一切又是那么熟悉,所有的摆设都和记忆里那个家一模一样。

以至于青川走进来的时候,有一种恍惚的错觉,好像时光从来没有过去这么久。

但他并没有很大的情绪波动。

他所有的情绪波动,已经在意外见到孟方在铃兰墓前倾诉时,全部用完了。

现在做的一切,只是必须要走的路。

他径直走到一楼走廊的墙边,顺着墙轻轻摸过去。

一会儿,就停住了。

按了几下,就找到了隐形的开关。

一个极度矛盾的人,他渴望粉碎这个世界,创造由他来订立的新的规则,但他又讨厌一切改变,在生活中习惯于把一切保留着原来的

— 第 五 幕 —

模样。

青川知道自己不会忘记怎么进入那个地狱。

他的头脑忘记了，身体也不会忘记。

按下开关，墙上一块同色面板向边上滑开，露出一块数字屏，是密码锁。

输入多年前那个烂熟于心的密码。

轻微的一声脆响，通往地下室的楼梯缓缓出现在他的面前。

就像很久以前他无数次做的那样，他要走下去，面对他无法逃避的命运。

一步一步，走下去，刚好二十二阶。

转弯。

再接二十二阶。

青川的腿一点都没有抖，他镇定得像个局外人。

也许是麻木。

聋孩儿已经在地下室的门打开的那一瞬，感受到了电流带来的刺痛。

一如往常般，他条件反射地抱着头蹿到墙角蹲下，因为害怕而瑟瑟发抖。

他的眼睛呆呆地盯着地面上虚无的一点，世界于他寂静无比。

— YE NIAO —

或许害怕也只是他的习惯表现而已。

他也早就麻木了。

铁床上的男人醒着,但他也没有扭转目光。

因为他们都知道,进来这个地狱的,只会是那一个人,那个囚禁了他们多年的魔鬼。

但也曾经,是他的亲人。

只是,这一次,他错了。

来人脚步清晰,没有停顿,径直走向了他,然后停在了他的面前。

当他混沌疼痛的大脑吃力地意识到这个脚步与那个总是沉重而拖沓的脚步声有所不同时,他已经看到了来人的面孔。

一瞬间,他的嘴巴张到极大,眼睛里射出来的,是比平时更加惊恐万倍的光。

只需一眼,他便可以确定,这是老三在信息里提到的少年。

也是他曾经救下的那个奄奄一息抱在怀里的孩子。

这是一个奇怪的感应。

然而令他惊恐的是,这孩子怎么会出现在这个地狱里。

他只能想到一个可能,这孩子也被抓进来了,他没有逃脱孟方的魔爪。

青川看出了男人眼里的痛苦、绝望和悲愤,稍一想,他便明白了。

— 第 五 幕 —

男人的惨状他设想过一千次一万次,因为没有人比他更知道,孟方的心是多么狠,手是多么黑。在孟方的眼里,所有的人不过是一团披着人皮的肉,只有智慧和思想是有价值的,而肉体只是拖累。

这当然缘于孟方自身肉体的天生虚弱与残疾,令他有这样愤世的变态想法。

然而这也令孟方虐起他人来毫无怜悯和愧疚,因为他真心觉得那不过是一些愚蠢的肉块在接受考验,如果不能抛却这些肉块带来的束缚与困扰,这个人就毫无价值。

但青川仍然没有想到,孟方会对这个男人下这样的狠手,躺在床上的人新伤旧伤交叠,已经不能算是一个完整的人。

"大伯。"

青川颤着声音叫了一声。

这一刻,他的鼻子酸涩无比,久违的流泪的感觉回来了。

他早该回来的,是他还不够强大,用了这么久的时间,才重新站起来,摆脱了红眼蓝花的控制。

如果他早点回来,这个人,可能就不会受这么多苦。

"大伯,我是青川。我没有被抓住,我是自己进来的。"他匆匆地说,声音哽咽。

想去握一握男人的手,却发现到处皮开肉绽,有的地方甚至露出了白骨。

— YE NIAO —

　　床上的男人听到这一句,像被戳破的气球般,瞬间呼出一口大气,绷紧的身体瘫软下去,眼里也泛出了晶莹的泪花。

　　"你怎么来了?小三呢?"

　　"三叔还在美国,他一直等着孟方用红眼蓝花和国际恐怖组织交易,然后联合国际警察将他们一网打尽。昨天那边的交易人已经被秘密抓捕,但孟方这边还不知情,三叔已经在回国的途中了。大伯,一切就要结束了,我这就带您出去!"

　　"等一下。"大伯声音嘶哑地问,"我之前从孟方电脑里拷出来的他的试验者名单和数据,你都交给警方了吗?"

　　"是的。"青川回答,"是聋孩儿送出来给我的。孟方一直以为聋孩儿只是一个残疾的野人,把他当成动物用来看管您,却没想到他和您建立了感情,他虽然聋哑,却不是弱智。"

　　聋孩儿仿佛意识到有人在说他,慢慢抬起了头来,看到青川,脸上露出了惊讶的表情。

　　"是人,就会有心。"大伯似乎是微笑了一下,"好孩子,今天是你偷偷过来,不是你三叔安排的吧?你三叔明白,大伯现在还不能走。孟方小心谨慎至极,如果这时候发现我被救走,他会毁掉所有证据消失。他忍了这么多年,我们也忍了这么多年,大家都不能承受一丝风险了。大伯在这里已经习惯了,孟方始终没有从我这里拿到他想

— 第 五 幕 —

要的东西,应该也不抱希望了。他不会突然杀了我的,稳妥起见,一定要等到你三叔回来,孟方抓捕归案,我才能放心离开这里。"

"我明白。"

青川低下头。

他都明白,可是,总有一种强烈的不安感,令他甘愿冒这么大的风险,也一定想要来看一看这个人。

这个人,是当年他还是遥河时,偷偷逃出家后,昏迷在路上后醒来见到的人。

这个人要他叫自己大伯。

是大伯保护着他,不被孟方发现,把他送到了国外,交给了三叔。

他救了遥河,自己却被关进了遥河当年被关的地狱里。

"孩子,快走吧。去告诉你三叔,陷空山里孟方偷建的红眼蓝花人工种植基地已经毁掉了,他已经掌握了提炼这种毒药的化学方法,从此以后,他的一切行为都会转到更深的地下,再想要抓到他的证据,就更难了。所以,这一次一定要抓住他,把他关进监狱。只有这样,更多的人才能得救。"

青川犹豫着答应了。

他朝聋孩儿招了招手。

聋孩儿认出了青川,知道青川和床上那人是一伙的,高兴地蹿了

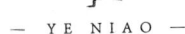
— YE NIAO —

过来,像只山猴。

青川轻轻抚摸聋孩儿的头,比画着示意他照顾好大伯。

"遥河啊。"床上的男人又喊了一声,"当年我在路上救了你,其实,是你妈妈向我求救的。你妈妈她一直都想救你,她从来没有恨过你。她也不是自杀的,她是被红眼蓝花控制跳楼的。"

地下室的门在青川身后轻轻关上了,墙面又恢复了洁白无痕,所有的罪恶都被关在了另一个空间里。

而走出去,必定是阳光漫天。

青川的心生生地扯着疼,他不敢再回头看一眼。

青川其实隐隐猜出那铁床上的人是谁,他、孟方和三叔,应该就是当年五色河孤儿院的三兄弟:大威、二威和小三。

那场火烧得太大,所有人都以为大威和胡野一起烧成了灰。

然而,不知道什么际遇,大威没有死,他逃了出来,也有了新的人生。

大威知道二威和小三也被人领养了,于是成年后一直在寻找他的兄弟们。

然而找到的,却是一个已经变成了魔鬼的二威。他不但继续着胡野当年在他们身上做的邪恶试验,而且变本加厉,要用试验成果来控制政界要员,参加世界恐怖计划,最终成为世界的幕后主人。

— 第 五 幕 —

这已经不是自负,这是一个疯了的狂人。

为了彻底粉碎这个狂人之梦,不像当年的胡野种下的恶果一样留下隐患,春风吹又生,他选择了用这种方式与现在名为孟方的二威生活在一起,来麻痹孟方,成为孟方不设防的点,从而掌握他所有的进度,拿到他所有的试验名单和资料。

一个都不能少,全部要挖出来,清干净。

这是他给小三的信息里反复强调的事。

到底是胡野的试验制造出了二威的疯狂,还是二威原本就有着扭曲的野心,只是被那个试验催化了,也许永远不得而知。

然而,黑暗的影响如此深远,令人胆寒。

那么我呢?

青川默默地问自己。

他们真的相信我吗?我是那个流着狂人的血脉的孩子,我是红眼蓝花毒最早也最深的试验者,可怕的毒液曾经渗透了我的血。

它们令那么幼小的我,就拥有了可怕的破坏欲望。

就算孟方归案,红眼蓝花试验被彻底摧毁,可是我还存在于这个世界上,我能控制自己不成为下一个孟方吗?

我真的相信自己,能始终心向善意吗?

在温暖的阳光下,青川却感觉到前所未有的寒冷,这些他一直清楚却不敢面对的想法,忽然在一切即将收网的时候,都强行浮现在了

— YE NIAO —

眼前。

无法逃避。

分外残忍。

在青川离开后不久,地下室的门又再一次打开了。

聋孩儿偷偷抬眼,发现这一次进来的,真的是那个可怕的人。

孟方慢慢走到大威的床前,照例检查了一下他身上连接的各种仪器设备上的数据,然后在他床边坐了下来。

"大哥,今天还好吗?"

嘶哑的声音一如儿时,然而,却没有了孩童时的亲切和渴望,只剩下成人的冷酷和算计。

大威破天荒微微朝他点了点头:"还好。"

孟方看着大哥那张蜡黄如同面具的脸。

大威突然想和他再聊几句天。

"二威。"大威像儿时那样称呼这个曾经的弟弟,"大哥没有保护好你,让你受了很多苦,你是不是因此恨大哥?"

孟方笑了一下,他笑起来比哭还难看:"不恨你。你连自己都保护不了,怎么保护我。"

大威说:"不恨我,那为什么要折磨我?"

孟方说:"大哥,这你就明知故问了,这么多年来,我一直说得

― 第 五 幕 ―

很清楚,你把胡野当年留下的研究笔记交给我,我保证好吃好喝养着你,有了富贵和你共享。如果不是你固执不肯交给我,我的试验成果应该再提早十多年,你也不会多受这么多年的苦。不过,有你陪着我,我还是很开心的。"

他轻轻抚摸着大哥露出白骨的手指,疼得大哥一声惨叫。

"大哥,在五色河的时候,有什么好吃的,你总是先给我和小三吃,再自己吃。别人捐的衣服,没洞的给我和小三,有洞的给自己。这世上,你是真心对我们好的人。"

大威看着他平静地说出这些往事,身体不由自主地颤抖起来。

"你一定奇怪,这些好,我都记得,却为什么不放过你?大哥,我不是不放过你,我是有自己要做的事,有自己的目标,谁挡在我的路上,都不行。你不行,铃兰不行,遥河也不行。这么多年了,你还是不懂我。

"我要掌握一种绝对的力量,让天下再没有人能够欺负我,轻看我。这种力量,我现在已经靠自己这么多年的努力,终于拥有了,可是,大哥你为什么想要破坏呢?"

孟方轻轻掀开大哥下身盖的一床薄毯,露出他两条伤痕累累的光腿。那腿好像柴棍一般,皮肉贴着骨骼。

孟方的手一点一点往下移,大威不由自主地颤抖起来,仿佛预感到了什么。

— YE NIAO —

但还没等他出声,孟方突然手上一用力,只听一声惨叫,大威右脚上的小脚趾竟然生生被折了下来!

孟方一边微笑,一边把折下来的小脚趾伸到大哥面前。

断口处,露出来金属的颜色,发出冰冷的光。

"你刚来的时候,我折断过你的脚趾,然后又给你接上了。你大概不知道,那并不是我为了好玩,我一点都不喜欢虐待人,真的。我只是为了在你身体里,安上这么个小玩意儿。"

窃听器。

大威的眼睛里绝望和恐惧交织。

原来他的身体里,一直有着窃听器。

难道这个房间里,根本没有安监控,他还以为是孟方过于自负的原因。

然而,他眼角的光瞄到了缩在角落里的聋孩儿,又微微松了一口气。幸好那孩子是个聋哑人,而且孟方一直以为他智力低下,不可能为人所用。

他用了几年的时间,才能和聋孩儿建立沟通,而这沟通,因为聋孩儿的生理缺陷,是无声的。之前觉得有诸多不便,现在看来,却是惊险逃过一劫。

如若不然,他给小三递消息的事早就暴露了。

— 第五幕 —

"大哥,这就是你的不对了,今天有客人来拜访,你却没有告诉我。而且,原来你早就和小三联系上了,他还有了这么大的出息,大家都是兄弟,你怎么也不告诉我呢?"

此言一出,大威又一下掉进了冰窟。

他知道完了。

"开始我听到那些对话,我真的很惊讶,我没有想到,竟然有人能够进入这里。是谁呢?

"在这个世界上,从头到尾,只有两个人,与我共享过这个密码。一个是我的妻子,一个是我的儿子。我的妻子,是我亲手把她送走的,她绝不会死而复生。所以,只剩下一个答案。果然,我听到他叫你大伯,证实了我的猜测。"

孟方"嘀嘀嘀"地低笑起来,像黑森林里的乌鸦。

"我的儿子,遥河,原来他没有死。不愧是我的儿子,那么小的时候,就拥有比一切成年人更强大的意志,很长的时间里我都快绝望了,因为红眼蓝花在他的身上,始终不能起到完美的控制作用。我的儿子,是个天生的小怪物,他一定继承了我无比优秀的基因。

"铃兰怎么会找到你?这个贱女人,果然应该死。你和小三那么早就发现了我,却不来找我,反而对我有这么多的动作,还带走了我儿子。不过,我得感谢你们,把他养大,还送回了我身边。这是上天给我送回来的礼物,只有他,才是我完美的继承人。

"你知道老鹰训练小鹰吗?得把他推下悬崖,在绝处才能求生。

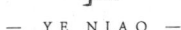
— YE NIAO —

对孩子也应该这样。那孩子啊,自以为能抓住我,可是,如果我让他发现他的努力最后只是一场空,他会不会绝望?绝望了,才会明白,这世界上力量最强的人,是他的爸爸。跟随他的爸爸,才是唯一正确的选择。"

他把那截小脚趾随手一扔,然后拿起墙上挂着的一个氧气面罩,轻轻扣在了大哥脸上。

他微笑着看着大哥的脸,眼里全是无尽的黑暗与冰冷。

大威意识到要面对什么,他在心里默默地说:永别了。

"等等。"大威匆匆对孟方说,"二威,你已经害了很多人,很多人因你而死,你的恨,应该消除了。胡野也死了很多年,无论他对你做过什么,你放火烧孤儿院以后,他都以命相抵了,放下仇恨吧。"

孟方的手突然一僵,眼里射出一线凶光,猛地转身面对着大哥:"你这话是什么意思?"

"我一直都知道,那场火,是你放的。锁上胡野房间门的人,也是你。"

"我是问你,什么叫胡野对我做过什么,你知道什么?"

那是他心底最黑暗的秘密,他以为胡野死了,世上就不会再有人知晓。

"胡野死前,把他的研究笔记交给了我,让我藏在了只能容纳一人的地窖里。我知道他是明白自己不行了,想把毒的种子留在我心里。

— 第 五 幕 —

但他没有想到,这种子,早就种在了你心里……在他对你做那些禽兽不如的事的时候。那些事,他记在自己的研究笔记里,我逃出来后,就看到了。"

以前他一直不明白,就算胡野有那种变态的需求,为什么会选择二威,二威身体残疾,不漂亮不可爱,却逃脱不了这样可怕的劫难。

正因为知道二威在胡野手上遭遇过什么,所以,这些年来,无论二威做了什么,他始终存着最后一丝希望,希望二威只是太恨了,希望二威发泄完所有的恨后,终能醒悟。

后来他渐渐想到,也许胡野正是在二威身上嗅到了和自己是同类的某种气息,因此才激发了对二威的兴趣和欲望。

人之复杂,难以说尽。

"做上帝的滋味如何?"孟方冷冷地说。

原来,大哥竟然知道那些肮脏无比卑贱无比的事情。

那么这些年来,自己无论怎么折磨这个人,他看自己的目光,都像是可怜的小丑吧。

早该去死了。

"那么,就去和真正的上帝聊聊吧。"

他毫不犹豫地在工作台上操作了几下,无色无味的气体灌进面罩里,但不是氧气。

床上的人,挣扎了几下,便陷入了永远的黑暗里。

— YE NIAO —

聋孩儿一直在偷看着孟方的举动,他开始不明白孟方在做什么,以为孟方只是像往常一样在折磨床上的人。总会结束的,结束了,魔鬼走掉了,他们就可以获得短暂的安宁。

但是,这一次,却有点不同。

床上的人,没有惨叫,没有挣扎,没有痛苦,好像睡着了。

他有些困惑地把头抬高,突然看到孟方朝他走来,在他面前站定。

他吓得一缩头。

孟方看着聋孩儿,他可真像一只山猴,哪里像个人类?

当年他在陷空山寻找红眼蓝花时发现了这个村里丢出来的孩子,一时兴起把孩子带了回来,当奇特的宠物一样养在地下室,顺便给囚禁的人做些基本的照料。

没想到,这样的人,也会背叛。

果然,世间所有被称之为人的生物,都是不值得信赖的。用信赖来维持的关系,都充满了可怕的漏洞。

只有控制,绝对的控制,才能万无一失。

他没有多话,在口袋里按了一下一个小小的遥控器按钮。

聋孩儿突然全身剧烈抽搐起来,像遭遇了巨大的电流,扭曲着,倒地不起,很快口吐白沫不动了。

第 / 六 幕　无法逃脱

这是黄昏的太阳，我们却把它当成了黎明的曙光。

——雨果

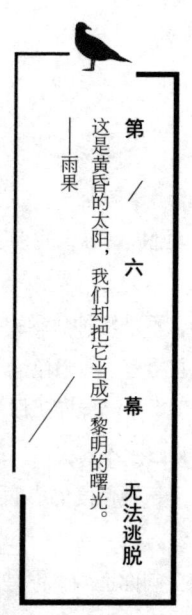

— YE NIAO —

— 第 六 幕 —

21. 春风得意

米露坐在春风的床边,她握着春风的小手,春风却静静地挣脱了。

春风看向米露的眼神,不是那种熟悉的孩子般的无助迷茫,而是像一个成年人一般镇定,甚至有一些暗色涌动的狡诈和得意。

她并不为自己刺伤了那个人而惊慌恐惧。

这让米露后背发凉,且心生不安。

她以为她了解这个孩子,她偏爱的小病人,然而,或许正如青川所说,一切都可能存在意外。

"你不要害怕,阿姨会向你证明,你是因为生病了,有时候自己也控制不了自己,不明白自己在做什么。你是个好孩子。"她轻言细语安慰春风。

春风却笑了笑,笑得一点都不像一个孩子:"米露阿姨,你错了。"

她的声音非常非常轻。

她甚至把身体倾过来,像是一个无助孩子那样,软软地靠在了米露肩头,以便只有米露一个人,听到自己的声音。

— YE NIAO —

"我能控制自己，我也明白自己在做什么。那个大叔，就是给我打针，给我看那些奇怪的动画片，要我按他的命令去做坏事的那个人。我认识他，我也记得他。他以为我已经完全听他的话了，其实啊，我没有。"

春风毕竟是一个孩子，她做了这么厉害的事情，瞒过了所有人，她不能不得意，所以她需要告诉别人，可惜能告诉的人，实在不多。

"那个大叔以为我特别好控制，所以只给我打了一次针，看了那些动画片，我其实看的时候都在想别的事，根本没有真的在看。他要我弄死小妹妹，我就弄死了，他觉得我特别聪明，可喜欢我了。

"可是他也是个笨蛋，他想把我变成小怪物，我才不怕呢。他不知道，我本来就是小怪物，我早就想杀掉小妹妹了，我讨厌她，却还要每天装出很爱她的样子。大叔的命令让我知道原来可以这么做，他教给我了方法，却不知道，我是自己想这么做的，才不是被他控制才这么做的。

"对了，我知道那天要给他献花的时候，我就想好了，我要刺他一刀，然后装作不知道发生了什么事情。想到他完全不明白为什么我会刺他的样子，我心里就好笑得要命。捉弄这种自以为是的人真是太有趣了，米露阿姨，我喜欢你，你不会告诉别人，我是个小怪物的，是吧？"

她轻轻地嘻嘻地笑起来，吹动了米露耳边的碎发，令米露周身一

— 第六幕 —

阵恶寒。

"你告诉别人,也没有人会信啊!"

米露呆呆地看着春风,她不知道这是一个孩子,还是一个小妖怪。她想起了青川曾经对她说的话。

"孩子远比你了解的更加狡猾、坚强。你忘了,当年我身中红眼蓝花的毒依然逃出了家时,还是个比春风更小的孩子啊。"

22. 最后的对决

青川背着一个双肩包,独自站在机场的出口处。

他在等着一个人。

每一分每一秒,都变得漫长而静谧,但他并不害怕。

他早就习惯了忍耐,在他还很小很小的时候,经常因为没有完美地完成父亲的指令,而被独自关在没有一丝亮光的地下室里。

没有人知道,那对于一个幼小的孩子来说,是怎样的摧残和恐惧。

他只能顺着墙一点一点地摸,来消磨掉仿佛无穷无尽的时间。

因为哭泣没有用,求饶也没有用,只有忍耐。

唯有忍耐,能等来转机,获得喘息和重见光明的机会。

— YE NIAO —

慢慢地,他记住了那四面墙上几乎所有的细小瑕疵和微小纹路。
慢慢地,他学会了用小小的指甲,在墙的隐秘处刻下字——
救救遥河。

大屏幕上出现了他在等的航班的讯息。
飞机平安降落。
不久后,在人流里,青川看到了那个满头银发的高大长者。
长者其实年纪不大,才五十岁不到,因为日益沉迷学术,终身未娶,且白了头。他自己倒不以为意,反而乐呵呵地说这是时尚发色。
他就是这样一个乐观又有趣的人。
他的三叔。

青川快步迎上前去。
在三叔面前,他总是会不由自主露出一点孩子气的神色,仿佛是倦鸟归巢。
"好小子,想死三叔了。"一把将个头和自己差不多高的少年拥进怀里,当年被华侨家庭收养改名"乔奇"的小三,也就是青川的三叔笑逐颜开。
上天的安排是如此奇妙。
当年二威和小三一起逃到城市,被人发现送到了政府公益机构,后分别被安排给不同家庭收养。

— 第 六 幕 —

二威很快失去了小三的消息,他也不在意。

因为在他心里,小三是个又傻又爪的菜包、跟屁虫、拖累,永远不会有出息。

他万万没有想到,世间事逃不出上帝之手的安排,小三最后成了他们三个人中间最有出息的人。

他现在是一个在生物学领域极为有名的世界级科学家。

乔奇搂着青川的肩,亲切地交流着一些情况,朝着机场外停着的青川开来的私家小车走去。

青川拉开车门,请乔奇上车时,突然感觉手机振动了一下。

他拿出手机来看了一眼。

突然间脸色从白变青,分外吓人,身体竟然剧烈地晃了几下,险些摔倒。

乔奇一把扶住青川,劈手夺过了他的手机。

他的脸色也变了。

手机上,是一张照片。

照片上的人,面目枯槁,紧闭双眼。

不,那或许不能算是一个人了。

因为从脖子以下,已经被齐齐切断。

头颅摆在一处,剔干净的各种骨头摆在一起,血肉摆在一处,内

— YE NIAO —

脏摆在一处。

像是被人精心处理过的艺术品。

一定要让看到的人，毫无悬念和毫无希望地知道，这个人，已经死去了，死得非常彻底，绝不可能再活过来。

他们晚了一步。

他们暴露了。

照片上的人，是青川不久前才在孟方地下室里见过的人。

"大哥，我来晚了……"

乔奇双膝一软，跪倒在地，失声痛哭。

白一舟接到青川电话的时候，他正在林蝶的亲生父母的旧宅处理现场。

他到底凭自己的智慧找到了逃跑的林蝶，不在别处，正是在她和车光曾经制造了她亲生父母意外死亡的旧宅里。

白一舟无数次地觉得，人真是复杂的动物。

林蝶出生在这里，痛恨着这里，穷尽自己所有的野心和愤怒，想要远离这里。

然而，她和车光每杀死一个女孩儿，却又想尽办法埋到这里。

于是，全村都轰动了，在这座废弃已久的老宅里，来了一大群警察，他们挖出了十几具白骨。

所有的白骨都是裸身下葬。

— 第 六 幕 —

这大概是因为,在她们死前,都穿着同一件校服裙,被车光和林蝶凌虐。

然后她们再被脱光,成为那两个人变态心理的祭品。

想到这一层,几乎是电光石火之间。

在这无人居住长期荒废的旧屋里,还发现了一具死去不久的女孩儿尸体,经查正是前几天报失踪的少女李甜甜。

大概是因为车光被抓,林蝶没有能力一个人处理尸体,所以还没有埋掉。

最后,在林蝶还没有来得及对顺妞下手的时候,白一舟终于带着人破门而入。

"不能再等了。"白一舟对青川说,"必须马上抓捕孟方,避免有更多间接恶性案件发生。"

孟方自己不杀人,却操纵着像林蝶这样的人去杀人,去破坏。

如果他操纵的是商界强人,便会如翁良渚的母亲一样,制造出社会经济的动乱。

如果他操纵的是政界强人,则可能动摇国家安宁。

即使没有直接证据,也必须先把孟方完全控制。

"白一舟!"青川急喊。他的喉咙里全是燎泡,以至于他的声音听起来都带了血腥味。

— YE NIAO —

但他阻止不了白一舟的决定。

白一舟没有等到相关手续批文,直接带着大量警力,包围了孟方的住宅。

誓要拿人。

"我无法接受警方对我这样一个优秀市民的侮辱。我已经是一个老人了,我不怕死,所以,我决定用死来证明自己的清白。"

孟方慢条斯理地喝着上好的金骏眉,利用扩音器,与外面包围的警察对话。

"如果你们敢破门而入,我就按下手里的遥控器,让自己和这座房子一起灰飞烟灭。当然,如果误伤了你们的同志,那我很抱歉。"

白一舟知道青川为什么那么多顾虑了。这个孟方,比想象中更加狡诈无耻,而且心理素质强大得令人发指。

"不过,在我死前,我还想挣扎一下。我已经打电话给市长,市长应该会马上打电话给你们局长,你们带队的警官是不是电话响了?是不是你们局长的来电?接起来听一听,听听你们这样对待一个优秀的企业家,会有什么结果?"

孟方话音刚落,白一舟的手机就响了起来。

周围几个警察立时尴尬地看着他。

白一舟扫了一眼来电人。

一句粗口脱口而出,他啪地关掉了手机。

— 第 六 幕 —

　　白一舟知道自己出错了,他承认自己是看到那么多失踪女孩儿的尸骨后,被愤怒冲昏了头脑。
　　电话被挂断后,不用多久,林局长就会亲自带人冲过来阻止这次手续不全的武力行动。
　　留给他撒野的时间不多了。
　　但,如果真如孟方所说,这房子周围埋了炸药,那他现在硬冲,会让警局的兄弟们付出血的代价。
　　断然不行。

　　"能让我们进去和他说几句话吗?"一个声音响起。
　　白一舟回头,看到一个警员领着一个满头白发但精神面貌上佳的男人走了过来,身边跟着的,正是青川。
　　"我是孟方的弟弟,这是他儿子。"乔奇拿出自己的护照和证件,"请问问里面的人,愿不愿意让小三和遥河进来和他聊聊?"
　　白一舟一咬牙,一挥手:"问!"
　　一会儿,里面传出来孟方的声音:"让遥河进来吧。"
　　不知道为什么,他不想面对小三。
　　青川上前一步。
　　白一舟有点犹豫,拦了拦。
　　让青川一个人去面对那个可怕的人?他可是九死一生才逃出来!

— YE NIAO —

仿佛看穿了白一舟的想法,青川轻轻拨开了他的手:"这是唯一的办法。"

他朝里走去。

"我知道他想见我。"

而我,也必须去见他。

孟方依然端着那杯茶,不过茶已经有点凉了,他不想再喝,他想了想,放下了茶杯。

他看着那年轻人从花园里走进来,然后一步一步,走上楼梯。

脚步声在门外响了起来。

礼貌地叩门。

门打开了。

他心里有一点点激动。

这是他讨厌的人类情感。

人类的情感是阻止人变得强大的绊脚石,它让人不冷静、不理智,失去正确的选择。

像见到遥河的母亲铃兰时那样,像铃兰为他生下遥河时那样。

他体会到什么叫欣喜若狂,什么叫幸福,什么叫那一瞬间想要地久天长。

然而转瞬,他就明白过来,那都是令人变得虚弱的诱饵。

上天制造了人类,然后给了人类感情,才阻止了人类的成神通天

— 第 六 幕 —

之路。

所以,那一丝重见儿子的激动被他强行压了下去。

他视为耻辱。

很奇怪,他儿子如此俊美高大,自然不是像他,却也不像他的妻子铃兰。

如果像铃兰,他可能会早一点认出遥河来。

但直觉又告诉他,没错,这是他的儿子,他亲爱的小怪物。

"你不像你妈。"他说。

特别的父子,就要有特别的开场白。

"本来是像的。"青川回答。他在房间中央站定,没有过分靠近,也不算疏远。

"红眼蓝花!"孟方眼睛一亮。

"是的。"青川没有否认,"当年我还是个婴儿时,你就往我血液里注射微量的红眼蓝花,一点点让我的身体适应,想培养出完全听你控制却没有恐惧感也没有反抗意识的强大人类,可我始终没有让你满意。那些毒经年累月已经渗透了我的血管,不但侵蚀着我的神经,也侵蚀着我的身体。我现在的身体,经历过二十多次手术,血换了,皮肤移植了,这张脸,因为不断地出现肌肉和表皮崩坏,也几乎重做过了。"

曾经天崩地裂的痛苦与恐惧,现在说出来,却好像只是一次出门

— YE NIAO —

散步的经历。

孟方听在耳里,却是另外的滋味。

他仔细端详着儿子的脸和身体,啧啧称赞:"小三很厉害啊。"

他自用遥河做试验失败后,就放弃了大量输入红眼蓝花的这条路,在其他的试验者身上试用了其他不同的方式。遥河身上出现这些后遗症,是他没有想到的。

倒是可以作为他试验的补充材料。

青川默默看着这个在生物学上是自己父亲的人。

他看不到孟方在说这些的时候,眼里有丝毫怜悯和难过,甚至有些兴奋。

虽然早知如此,但他的心仍然不可避免地痛苦了一下。

三叔说过:世界上有天生的反社会人格。

孟方就是这样。

"遥河,也许我让你受了很多苦,但是你要相信,那只是我用错了方法。哪个父亲不希望自己的孩子好?我只是以为那些训练会让你变得更加强壮,无所畏惧,不会被任何人和事伤害。你真的那么恨我吗?"孟方看着青川。

他脸上的真诚几乎像是真的一样,连他自己也分不清自己说的是不是真心话了。

— 第 六 幕 —

"我不是因为这个恨你。"青川说。

"那是因为你妈妈的死?你妈妈的死不是我造成的,是你。你离家后,她无意间看到了你发作时候的录像,一下子受不了刺激,从楼上跳了下去。遥河啊,如果当年你不那么叛逆,不选择逃走,你的妈妈就不会死,你知道吧?"

孟方的左手缓缓地伸到他坐着的桌子下面,青川一直紧盯着他的动作。

但孟方只是掏出一部手机,按了几个键。

"你还那么小,表现就那么惊人,你说,除了我能够欣赏和懂得,谁又能接受得了那么小的孩子那么残暴呢?每个人都会觉得那孩子是天生的残暴人格,都会害怕,你妈妈,也不过是一个普通人啊。不信你看,那个姓白的警察,看到你的那些表现,会不会吓到?"

青川意识到他做了什么。

孟方把青川被注射红眼蓝花后通过特殊催眠而激发的残暴表现拍成了视频,在他逃走后,放给了他妈妈看。

妈妈一直都知道孟方在用可怜的孩子做试验,但她那么柔弱无助,她选择了相信孟方说的,只是想令孩子更加勇敢强壮。

当她从视频里看到小遥河如恶魔般的表现后,她崩溃了。

而那些视频,大概孟方现在已发给了白一舟。

— YE NIAO —

通过明亮的窗子，青川能看到墙外的警察中，白一舟掏出了手机。

白一舟看了一下后，猛地抬头看向他们所在的窗口。

"对不起，白警官，我教子无方，我孩子遥河，从小就是一个喜欢虐杀小动物的可怕孩子，他妈妈也因此被他气死。我出于爱子心切，一直没有说出来，让他有机会骗了大家，都是我的错。"

孟方的声音再一次通过扩音器传出来。

他的语气是那么轻松，因为他知道，他的儿子，正在被一步步逼上悬崖，逼到最后，儿子只能回到自己的怀抱。

这个世界，有谁能接受与一个怪物同行呢？

至于红眼蓝花的秘密，他已经销毁了所有证据，这种近似幻想故事的说法，又有谁会相信？

一切还是在他的掌握之中。

只是多了一点小插曲的乐趣。

青川并没有像孟方预计的那样暴怒失控，但他还是有了行动，他慢慢走近孟方。

孟方警惕地看着他："你想抓我吗？儿子，没有人会相信你说的话，你真的要试一试吗？"

"不。"青川摇摇头，"我从来没有想过要你坐牢。"

孟方眼睛一亮："那……"

青川说："自你用红眼蓝花毒控制我妈妈，让她爬上了三十三层

— 第 六 幕 —

高的楼顶跳下去的时候开始,你就只有一条归路——和她一样。"

青川的身上,传来一阵轻轻的音乐声,是他口袋里的手机在播放音乐。

孟方突然感觉到全身一阵触电般躁动,紧接着,他开始强烈地想要站起来,他渴望那个离自己近在咫尺的窗口,他想跳下去!

电光石火间,他想到了不久前手机收到的视频。

那个视频,背景音乐正是青川现在播放的小曲!

但是,是什么时候!

他是什么时候对自己注射了红眼蓝花?

他怎么会拥有红眼蓝花?

来不及了,他已经来不及思考这些了,他的理智已经开始崩溃,命运的归宿在呼唤他,那么迫切。

"你永远也不会想明白的,爸爸。"青川用他毕生最快的语速说,"这里是三楼,对普通人来说,太矮了,可是对你来说足够了,因为你前年才刚刚做过换心手术,绝对经不起这样一摔。永别了,你这个怪物。"

最后一个音还未落,孟方已经飞快地扒着窗子,用力翻了过去,在楼下警察突如其来的惊呼声里,毫不犹豫地跨向了死亡。

"永别了,怪物。"青川再一次轻轻重复道。

— YE NIAO —

他的脸上挂着一种奇异的笑容,眼睛里却又似乎有泪。

白一舟一脚踢开房门冲了进来,他气急败坏一把抓住青川的肩膀:"你对他做了什么……"

他不知道自己在狂躁什么,只是觉得有什么东西破碎了,好像刚才跳下去的不是孟方,而是青川。

他始终记得那个小小的孩子孤独地坐在花园里的样子。

他多么不希望那个孩子,最终被自己的命运逼成了杀人凶手。

"三叔。"青川叫白一舟身后的人,"大伯被收养后的名字叫什么,你知道吗?"

乔奇此刻的心情非常复杂,感觉内心里有什么地方空空荡荡,说不出来的难受。

但他还是回答了青川:"叫白威。你大伯他被姓白的人家收养,后来做了警察,他叫白威。"

白一舟突然一个转身,差点把乔奇撞飞,他震惊地看着乔奇,又猛地看向青川。

青川平静地看着白一舟,说:"白威就是五色河三兄弟中的大哥,当年没有被烧死,却在不久前死在了孟方的地下室里。死前被孟方囚禁虐待了很多年。现在他存在的痕迹应该已经被孟方小心处理过了,能不能找出一点蛛丝马迹,就要看你们自己了。"

第 六 幕

白一舟震惊之下,说话都结巴起来:"你……你是说……你说白……"

"是的,我大伯白威,很可能就是你失踪的爸爸。希望你确认以后,还能来平静地和我说,不应该设计孟方……"

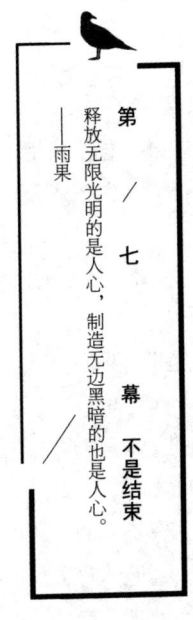

第 /七 幕　不是结束

释放无限光明的是人心,制造无边黑暗的也是人心。

——雨果

— YE NIAO —

— 第 七 幕 —

有一种鸟,生在夜晚。
无论夜色再黑,它也不会停止飞翔。
它寻找光明,驱逐黑暗,如同愚公移山,精卫填海,做着看似毫无胜算的努力。
然而,不向黑暗妥协,便是它的骄傲与它的宿命。

白一舟想,青川就是那种鸟。
所以他才会给自己的网络电台,取名为"夜鸟"。
他从出生开始,就带着某种原罪,因为他的身体里,流着某个穷凶极恶之人的血。
他是最有可能成为天才罪犯的人。
如果他妥协,也应该被世人原谅。因为他经历那么多非人的苦难的时候,他还只是一个幼小的儿童。
然而他没有。
无论是剥皮剔骨,还是一人独行,他始终清楚自己是谁,也无意向任何人澄清。

半年后。

— YE NIAO —

　　一系列案件以各种方式了结。
　　但案宗里的未必是全部的真相。
　　有些真相，只能存在于人的心里。

　　白一舟在孟方地下室的应急灯里，找到了一张白威不知道用什么方法放进去的字条。
　　上面只有几行字：我的妻子黄英，我的儿子一舟，我的女儿白燕，我永远爱你们。
　　然而，白威和聋孩儿的尸体却再也没有找到。
　　也不知道孟方用何种方法，处理在了哪里。

　　乔奇和米露、青川一起离开了。
　　车光和林蝶等待着法律的最终审判。
　　绵绵最近主演了一部古装剧，意外大热，一跃而成了准一线小花。
　　翁良渚成熟了很多，开始担起重担，他的母亲从此很少露面。
　　人们渐渐不再讨论死去的鞋匠老刘和六指的八卦。
　　而小姑娘春风，则被送到了国外读书，在那里，不会有人知道她的过去。

　　一切都好像恢复了正常，城市里依然每天车来车往，空气有时清新有时混浊。

第七幕

有人努力做善事也有人努力作恶。
黑暗与白天并肩而行。

最近雷小昆终于抱得美人归,美女警察李仙让人大跌眼镜地接受了他的约会邀请,两个人突然之间如胶似漆,成双入对。
空气里都是恋爱的酸臭味。
白一舟只好自己在网上寻找新的美食打卡地来安慰自己酸溜溜的胃。

听说桃远市最近开了一家法式西点屋,里面的烤乳酪堪称一绝。
白一舟吃东西不挑,好吃的都是他的菜,于是下班了就赶过去,为了避免塞车,他还特意骑了自行车,穿行起来疾如电。

西点屋里天天人满为患,很多人选择了打包就走。
空座位那是没有的。
但白一舟讨厌打包,他觉得食物的美味如果错过了时辰,就好像开好的花错过了最佳花期,少的不只是一点点味道。
所以当他拿着好不容易排队等来的烤乳酪,准备干脆就站着解决的时候……
他的手机振动了,他举起来一看。
"转过身,走十步,可以拼桌。"

— YE NIAO —

他蓦然转身,差点把手里的盘子转飞。

目光所及处,个子高高的少年正微倾着身,含着笑向着对面的女孩儿说着什么。

对面的女孩儿也笑着,朝着白一舟的方向看了一眼,利索地把自己面前的点心收进了袋里,站了起来,朝白一舟招手。

白一舟几乎是连蹦带跳地跑过去,一屁股坐在了女孩儿让出来的位置上。

他看看青川,又看看捂嘴笑个不停的女孩儿,不知道为什么,自己也乐呵呵地笑了。

女孩儿走后,白一舟兴高采烈地问青川:"你和她说什么了,她居然让位了。"

青川说:"我和她说,我和失散多年的哥哥今天约在这儿。她心好,就立刻说让座位给我们团圆。"

白一舟连连点头:"赞赞赞,对对对。"又问,"你什么时候回国的?你三叔和米露呢?"

青川说:"今早到的。我一个人。"

你怎么知道我在这儿?

这句没问。

我去了一下你办公室,你那个傻傻的同事说的。

— 第七幕 —

这句没答。

两个人像真正久别重逢的兄弟一样,一边吃着点心,一边闲聊。

白一舟三下五除二就把那块烤乳酪塞进了嘴里,转眼一看青川,惊喜道:"嘿,你终于能吃点儿东西了。"

青川的盘子里的点心,居然也去了一半。

青川看看白一舟,没有回答。
他微微笑了。
是啊,一切都会慢慢好起来的吧。
如果风还在流浪,花还在歌唱。
如果熬到了早晨,天就会亮。

- 全文完 -

— YE NIAO —

图书在版编目（ＣＩＰ）数据

夜鸟 / 莫峻著. -- 贵阳：贵州人民出版社，2019.6
ISBN 978-7-221-15296-1

Ⅰ.①夜… Ⅱ.①莫… Ⅲ.①长篇小说－中国－当代 Ⅳ.①I247.5

中国版本图书馆CIP数据核字(2019)第092458号

夜鸟
莫峻 / 著

出版统筹：陈继光
选题策划：大鱼文化
责任编辑：潘　媛
特约编辑：胡晨艳
装帧设计：刘　艳
封面绘画：养猫画画的随随
出版发行：贵州人民出版社（贵阳市观山湖区会展东路SOHO办公区A座
　　　　　邮编：550081）
印　　刷：长沙鸿发印务实业有限公司
开　　本：880×1230毫米 1/32
字　　数：181千字
印　　张：9
版　　次：2019年6月第1版
印　　次：2019年6月第1次印刷
书　　号：ISBN 978-7-221-15296-1
定　　价：39.80元

贵州人民出版社微信

版权所有　盗版必究。举报电话：策划部0851-86828640
本书如有印装问题，请与印刷厂联系调换。联系电话：0731-82755298